魔豆

魔豆

Grayson Family
格雷森家，
禁止異能魔法！
4
香草——著
Gene——插畫

格雷森家，禁止異能魔法！

Grayson family

4

目錄

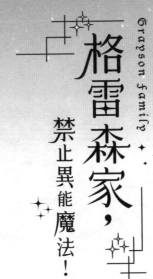

格雷森家，
禁止異能魔法！
人物介紹
馮
菲爾
蓋倫

安東尼
肯恩
維德

01

開誠布公

深夜的西區非常熱鬧，這個混亂又貧窮的區域有著它獨特的面貌與規則。許多人對這個罪惡的溫床深惡痛絕，只想避而不談，但也有不少人慕名而來，想在這三不管地帶分一杯羹。

此處擁有獨特的生態，而居住在這個特別環境的維德，正在忙什麼呢？

答案是打工賺錢。

晚上是西區最爲活躍的時候，維德也不例外。他除了到處收集有關非法實驗研究所的消息外，也販賣情報或介入黑幫火拚，以黑吃黑的方式幫補家計。

菲爾很有錢沒錯，但維德總不能一直依靠對方供養。何況這些混黑的手握不少情報與武器，維德除了把從幫派中繳獲的毒品全數銷毀外，其他東西是不拿白不拿。

這可讓那些黑幫恨得牙癢癢，偏偏維德實力強大，打不過的時候又滑得像條泥鰍一般。到後來他們根本被打劫得沒脾氣了，有些打手打不過時甚至只象徵性地阻攔一下就算，反正維德非必要不會下殺手，就當是破財消災了。

雖然維德身懷的異能讓他大都用不著那些武器，不過對於死過一次的他來說，這個武器庫就是底氣，能夠給予他滿滿的安全感。

何況就如同許多男生喜歡熱兵器一樣，維德也不例外，用不著沒關係，可以拿來收藏啊！

現在安全屋的軍火庫已經堆滿了，多出來的武器他都賣掉賺錢，有時候還是那些槍械的原主人高價將東西買回去的呢。

維德就是喜歡看對方明明氣得不行，卻還要掏腰包給自己錢的鬱悶模樣。黑吃黑來錢快，維德幹了幾票大的以後，都可以反過來養菲爾了。

之所以有了養弟弟的覺悟，主要是維德注意到對方是拿寶石來當購買隱形藥劑的藥費。

菲爾平時對自己的寶石珍藏寶貝得很，這讓維德不由得猜測他該不會沒錢了，才會用寶石來當貨幣吧？

可不應該啊？肯恩那傢伙財大氣粗，平時對他們這些養子大方得很，總不至於虧待親兒子。

雖然不知道原因，可維德已偷偷聯絡布里安，請求對方先保管菲爾的寶石，他會盡快將它們贖回。

一開始布里安發現聯絡他的人不是菲爾，而是他很討厭的格雷森家族的人時，原本不打算理會。不過知道維德的請求後，覺得菲爾這個便宜兄長還挺上道，便沒有太過爲難對方。

只是布里安素來嘴巴毒，明明心裡很滿意維德對菲爾的重視，已決定將寶石保留下來，還是故意嚇唬道：「那你動作可要快，那些寶石品質不錯，說不定哪時候我等不及便把它們賣了。」

這讓維德有了迫切感，於是西區的地下賭場與拍賣所都遭了殃。

安全屋裡有屬於菲爾的工作室，維德有工作室的鑰匙，偶爾會進去幫忙打掃。成功贖回寶石後，維德便把它們悄悄放回對方平常放寶石的位置，看菲爾到底哪天會發現。

對維德來說，黑吃黑除了賺錢以外，還能夠釣魚。

他一直想找出當年殺害「維德」的罪魁禍首，以及除掉追捕他的研究所。因此維德在西區的行動很張揚，試圖以自己作爲誘餌引出研究所的人。

他也確實成功了，只可惜追捕維德的武裝部隊嘴巴很緊，打不過便選擇自殺，至今仍無法留下活口審問。

在維德手中吃了幾次大虧，並引起異能特警的注意後，研究所的人便偃旗息鼓了。不過維德倒不認爲對方已經放棄抓他，研究所大概只是潛伏回暗處，打算暗中使壞吧？

今天維德也在繼續他黑吃黑的大業，剛剛打劫了一個地下拍賣行，拿走幾枚寶石又順手放走了一些被拿來當拍賣商品的女性後，心滿意足地回到安全屋。

他早早被菲爾的訊息吵醒，而且忙碌了一天，現在有些累了，想著沒什麼緊急的事要處理，便打算早些休息。

然而上天卻彷彿與他作對，才剛梳洗完畢，魂不守舍的菲爾就闖了進來。剛醞釀出的些許睡意立即消失無蹤。維德嘆了口氣，知道自己一時半刻是不能睡了。

雖然睡意被打斷實在讓他有些惱躁，不過維德更好奇菲爾到底在三樓看到了什麼，才變成現在這副大受打擊的模樣。

他不認為菲爾這次偷闖家中禁區的行動會失敗，畢竟上去三樓的通道連門也沒鎖，雖然必經的走廊有監視器無死角監控，可對於能夠隱形的菲爾來說絕對是小菜一碟。

維德曾偷上過三樓，雖然很快便被監視器發現，可他還是大致看過了整體模樣。印象中就只是平平無奇的生活區，與二樓的格局沒有太大差別。

然而菲爾的模樣顯然是看到了什麼驚天大祕密，這令維德的八卦之魂熊熊燃燒起來：「你這副表情是什麼回事？在三樓看到什麼？」

聽到維德的詢問，菲爾停頓了兩秒後才愣愣開口，看起來簡直就像過載的C

ＰＵ般遲緩：「三樓……真的關著一個美人……」

「什麼!?」維德震驚地瞪大雙目。他猜到三樓會有很出人意料的東西，但絕對想不到竟如此驚天動地！

難怪菲爾一副被嚇到的樣子，如果撞破這事的人是自己，似乎不會比菲爾好到哪裡去。

不待維德追問，菲爾又道：「這件事先放到一旁，我現在有更重要、更急迫的問題要處理，想聽聽你的意見。」

菲爾的話讓維德心裡警鈴大作。肯恩在三樓藏了一個美人這種事都算不上重要，那菲爾接下來要說的話到底是什麼？

在維德緊張的心情中，菲爾把安東尼找他的事情說了出來，苦惱地道：「也許是看出我的爲難，安東尼讓我不用急著回答，好好想清楚後再告訴他答案。」

聽過菲爾的敘述，相較於他的忐忑不安，維德反而鬆了一口氣。覺得菲爾被安東尼察覺法師身分這件事，根本算不上什麼大事。

畢竟維德很清楚，格雷森家族根本是個盛產異能特警的窩啊！在菲爾眼中柔弱的普通家人，全都是擁有敏銳偵查意識的特警！

要不是菲爾認識了維德，有他在背後替菲爾掃尾，並教導菲爾隱藏身分的技巧，只怕對方苦苦藏匿的法師身分早已在格雷森家無所遁形了吧？

倒是第一個察覺到異樣的人是安東尼這點，讓維德有些意外。以格雷森家族成員的性格來說，他本以爲不是最細心的肯恩，便是觀察入微的馮。

也許是兩個孩子年齡相若，相處時間多了，就越容易露出破綻吧？

的確如維德所想，安東尼之所以能夠察覺到菲爾的身分，算是佔了天時地利人和。不過這同樣是菲爾的幸運，從安東尼私下找菲爾詢問的舉動來看，他似乎願意爲菲爾保密。

菲爾求助地看著自己，迫切地想獲得一些建議：「你覺得安東尼是怎樣想的？」

維德無奈地回以愛莫能助的表情，他「死亡」時安東尼還小，維德不太確定對方現在成長為怎樣的性格，無法給出太多意見：「那你呢？你怎樣想？」

「我……我不想讓他們知道我的法師身分，普通人都不喜歡異類，而且法師身分也許會破壞他們寧靜的生活，什麼都不知道對大家來說是最好的……可是、可是安東尼已經察覺到了，我也不想欺騙他……」菲爾茫然不安地訴說著心裡的苦惱。

維德道：「那就告訴他吧！反正那小子心裡已經起了疑心，你也不想騙他不是嗎？」

維德沒有說的是，菲爾的顧忌根本不是問題。

普通人不喜歡異類？格雷森家除了肯恩，全都是異能者！

何況肯恩身為異能特警的首領，也稱不上「普通人」吧？

他曾在人類內戰中作為兩邊不討好的和平派代表，最終硬生生殺出一條血路並獲得最終勝利，至今依然祕密統領著眾多異能高手，以特警首領的身分活躍著……

這傢伙是否當得起「普通人」這個稱號還另說呢！

至於菲爾擔心會破壞他們寧靜的生活？

這是什麼冷笑話嗎？維德還不知道格雷森家族平常的工作有多精彩嗎，那班傢伙與「寧靜」兩字完全扯不上任何關係！

雖然菲爾不知道這些內情，但他相信安東尼，也不希望繼續欺騙對方，思前想後仍是偏向坦承告知眞相。在維德的鼓勵下，菲爾終於下定決心：「我明白了！我要告訴他！」

說罷，菲爾便風風火火地離開。

維德：「……」

總有種被人用完就丟的感覺。

他還沒聽到三樓美人的八卦呢，結果菲爾就這樣跑掉了。

不爽地抓了抓頭髮，維德嘆了口氣，重新躺回床上。

算了，睡覺。

……

可惡！完全睡不著了啦！

◇◇◇

在維德重新努力醞釀睡意的時候，身處格雷森大宅的安東尼正做著好學生每天的工作——複習課業。

身為特警組未成年的實習生，肯恩對安東尼的第一要求不是異能的強弱，而是不能影響到學校的成績。

安東尼在學習不算很有天賦，花了不少時間在特警組的工作後，只能將勤補拙地多用功了。

只是面對著滿書的文字，安東尼卻無法集中精神，總是不由自主地想起神祕的弟弟菲爾。

為了私下詢問對方，安東尼特意提早結束特警的工作，然而當他看見菲爾猶豫又為難的神情時，還是忍不住心軟了。

其實他心裡早就認定光盾與菲爾脫不了關係，畢竟鑽石鑰匙圈出現異狀的時機太過湊巧，安東尼不相信只是巧合。

可他最後依然選擇尊重菲爾的決定，要是對方想繼續隱瞞而對他說謊，安東尼會假裝被對方的謊言糊弄過去，亦不會將這件事告訴肯恩他們。

雖然有了決定，但如果菲爾真的選擇欺騙他……他果然還是會感到失望呢……

怎樣也無法將注意力集中在手中的課本，安東尼嘆了口氣，認命地合上書，喃喃自語道：「是我操之過急了嗎？也許應該再過一些時候，等菲爾與我的關係更好一些才攤牌？」

想到這裡，安東尼不禁有些委屈。他還以為自己與菲爾感情已經很好了，甚至也做好了坦白的準備呢！

突然，安東尼敏銳地聽到打開的窗戶傳來一陣輕微的聲響。聲音很小，可室內非常安靜，加上經過特警的特殊訓練及本就有的警戒心，讓他察覺到這幾乎微不可聞的聲響。

這聲音……有人從窗戶進入房間？

背對著窗戶而坐的安東尼不動聲色地看向桌上的小盆栽，然而在花盆光滑表面的反映下，卻確定了身後傳來聲響的位置沒有任何人。

是我聽錯嗎？

不……確實有微弱的聲響，而且還能感受到一股視線……

是擁有隱形能力的異能者？

他潛入格雷森大宅想幹什麼？

安東尼立即想到那個被他們稱爲「法師」的神祕異能者，對方其中一項能力不正是隱形嗎？

若潛入房裡的人是「法師」，他爲什麼要這樣做？

短短數秒裡，安東尼內心已閃過眾多不同念頭。即使花盆表面的反映空無一人，可安東尼相信自己的感覺，他不著痕跡地脫下了左手的手套。

安東尼聽著身後動靜，邊在心裡模擬來者的一舉一動。

這人跨過窗框後似乎有些猶豫，在窗旁稍微停頓後往前走了兩步，就在安東尼把警戒提升到最高點、準備隨時反擊時，那人卻又退了回去……

隨即安東尼便驚訝地聽到那人像是表示禮貌般，竟伸手敲了敲牆壁，主動把自己的存在告知他。

對方這個舉動讓安東尼措手不及，原本他打算假裝懵然不知地任由對方接近，待雙方拉近距離後便暴起反擊，控制住入侵者。

那人到底怎麼想的，明明隱了身影偷偷溜進他的房間，卻在成功入侵後主動表明行蹤，這是哪來的神經病!?

對方不按牌理出牌的舉動打亂了安東尼的計畫，還讓他生出被耍了的懊惱感。現在他無法再假裝察覺不到異狀了，難道要與入侵者正面開戰嗎？

「是誰？」安東尼裝作被嚇了一跳，像個沒有自保能力的普通人般驚慌地回頭張望，意圖降低入侵者的警惕。擁有奪取生氣異能的左手蠢蠢欲動，靜待著給予敵人致命一擊。

然而當他看清那個顯露了身影、站在窗邊的人到底是誰時，殺意也瞬間消散。

菲爾收起了飛天掃把，向安東尼露出了一個淺淺的微笑，寶藍色的雙眸更閃現出惡作劇的笑意。

安東尼：「……」

嚇死我了……從各方面來說……

差點便對菲爾出手了耶！

此時安東尼已顧不上菲爾爲什麼會隱形，又爲何會潛入他的房間了。他連忙戴回手套，以免不小心誤傷到對方。

菲爾被安東尼的動作引起注意，認識對方那麼久，菲爾還是第一次看到對方脫下手套。

記得他曾詢問過安東尼手套的事，那時對方表示自己雙手皮膚容易過敏，爲了避免不小心接觸到過敏源，才須長期戴著手套。

因此見到安東尼脫下手套，菲爾還小小緊張了一下。現在看到對方雙手皮膚正常，沒有起任何過敏的紅斑與疙瘩後，覺得眞是太好了。

安東尼本來因爲菲爾魯莽的行爲而有些生氣與後怕，但看到他什麼心思都放在臉上又察覺到對方爲自己擔憂後，忍不住心裡一軟，最後無奈地嘆了口氣：「所以你潛入我的房間，就是爲了嚇我一跳嗎？」

「不是……我只是想讓你直接看看，這樣會比較有說服力……」菲爾這番話說得有些心虛，想要坦白的心是眞的，可惡作劇地想嚇安東尼一跳的小心思也是存在的。

「算了，沒事，是我太緊張啦！」安東尼抓了抓頭髮說道。

其實菲爾那小小的惡作劇根本無傷大雅，甚至還是他們兄弟感情好的證明。要不是剛剛他差點兒出手攻擊菲爾，安東尼大概只會對這玩笑一笑置之。

既然菲爾都把想要坦白的態度表明了，安東尼就不再顧忌，直接問出心裡的疑問：「所以你是擁有隱形能力的異能者？不……還有今早那個光盾，你能夠使用兩種異能？」

安東尼不由得再次想起讓他們心生戒備的法師，難道現在擁有多種異能的能力者都爛大街了？

等等！

該不會，菲爾就是「法師」吧？

安東尼下意識否定了這個猜測，心想哪有這麼巧。

然而菲爾接下來的坦白，卻證明了世界往往就是有很多巧合：「我不是異能者，我是個法師。」

「什麼？你怎麼知道我們為你起的代號!?」聽到「法師」二字，安東尼想到的是他們在檔案中為神祕人起的代號，立即大驚失色地質問。

菲爾被安東尼一驚一乍的模樣嚇到了，莫名其妙地反問：「嗯？什麼代號？什麼『我們』？」

安東尼見菲爾疑惑的樣子不似作僞，試探性地提出疑問：「剛剛你說『法師』？」

「對。」菲爾點了點頭，既然決定坦白，他便詳細爲安東尼解釋：「我剛剛使用的不是異能，而是魔法。所以我其實是個法師……對於魔法界的成員，也許你們有別的稱呼，像巫師、魔法師、女巫、薩滿？」

所以菲爾口中的「法師」不是代號，他眞的是一個會魔法的法師？

安東尼目瞪口呆，他已經不知道該震驚他們一直在找的神祕人是菲爾，還是震驚於世界上竟然眞的有魔法了！

驚訝過後，安東尼立即興致勃勃地追問：「所以你會什麼魔法？世界上還有很多法師嗎？」

菲爾先回答了安東尼的第二個疑問：「法師數量很少，比異能者還稀有。我們大都是血緣傳承，像我的母系家族便是魔法界中歷史悠久的法師世家。」

想了想，菲爾又補充：「但偶爾也有身懷魔力的普通人在機緣巧合下學習到魔法、成為法師的事。」

安東尼頓時雙目一亮：「那我是不是也可以……」

看出安東尼的想法，菲爾搖了搖頭：「很遺憾你沒有這方面的資質。」

說罷，菲爾還在心裡補充，格雷森家族中，就只有維德勉強有些許魔法天賦。

安東尼聞言也沒有太失望，畢竟之前菲爾已經說了，法師的數量比異能者還稀少：「沒關係，反正我已經是異能者了，做人不能太貪心。」

果然，菲爾聽到他的話後被驚訝到了，這讓安東尼生出一種小小報復回去的感覺。

「你告訴我沒關係嗎？其實……你可以不告訴我的。」雖然對安東尼的坦白感到很高興，可菲爾難免有點不安。

對方一直偽裝成普通人，應該是不想讓別人知道他的異能者身分。可現在卻告訴他……是不是因為他坦白了法師身分，所以安東尼為了公平，才告訴他異能者的身分？

「沒關係啦！反正你不會告訴別人不是嗎？」安東尼笑道，隨即向菲爾講解了他的異能特性。

早在詢問菲爾是否為異能者時，安東尼已經決定只要對方願意向他坦誠，那他也會回以相同的信任。

除了家人的身分他會繼續保密外，有關自己的事情安東尼有權利、也願意與菲爾分享。

很快，菲爾露出了不久前與安東尼同款的驚歎。

安東尼的異能既能給予生命，又能奪取敵人的生命，這種操縱生命能量的異能真的太帥了！

可惜這是被動異能，所以安東尼只能一直戴著手套……

想到這裡，菲爾突然想到他偷偷溜進安東尼的房間時，對方少有地把手套脫掉：「呃……所以剛才你之所以脫掉手套……」

「是因為察覺到有人潛入房間，差點便要出手攻擊你了。」想到這裡，安東尼一陣後怕。只要他的左手接觸到菲爾，對方即使不被危及性命，也會大病一場啊！

於是安東尼語氣變得嚴厲起來：「你以後不能再開這種玩笑了！不只我，家裡的所有人都受過專業訓練，警戒心也很重。你這麼輕率地闖進來，總有天會出事的！」

說罷，安東尼又恨鐵不成鋼地說道：「所以我早就叫你跟我們一起鍛鍊了，雖然你是個法師，可魔法不是萬能的。」

菲爾連連搖頭，他討厭流汗！討厭運動！

安東尼見狀嘆了口氣：「如果你想繼續隱瞞法師的身分，那至少加強一下潛行技巧吧。像剛剛如果你趁著有風吹動的時候進入房間，風聲便能遮掩你的腳步聲，不會被人察覺到了……維德挺擅長這些的，他沒有教過你嗎？」

菲爾的隱形能力幾乎沒有破綻，可惜潛行意識太差。至今沒有在隱形時受到傷害，只能說他運氣很好。

「維德有教導我，只是我才剛學沒多久……」菲爾下意識回答，說了兩句才察覺到不對。

霍地抬頭，他便看到安東尼露出了了然的微笑。

菲爾瞪圓了雙目。

安東尼他……

他在套我的話！

02

訪客

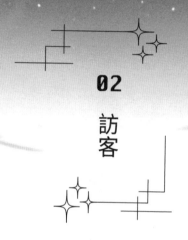

被菲爾懷疑人生的表情逗笑了，安東尼笑道：「果然你與維德的複製人有聯繫！離開墓園後維德隱形了，那是你做的對吧？」

說罷，安東尼又感慨：「你在墓園時那麼維護複製人，顯然很同情他的遭遇。肯恩曾猜測你們會不會還有聯絡，讓阿當注意你的行蹤。不過他們都沒有找到你與維德私下見面的痕跡，最後才打消這個猜測。」

畢竟沒有人想到菲爾會隱形，以肯恩他們所見，菲爾只是個每晚都早早回房睡覺的乖孩子。

想到不僅菲爾的法師身分，自己還是家裡第一個知道他與維德還有聯繫的人。依然有著少年心性的安東尼心裡暗爽，語氣中不禁多了幾分雀躍：「現在知道你會魔法還能夠隱形，我便猜你是回房後偷偷隱形跑出去了。果然一問之下，你眞的與那個複製人有交情！」

菲爾有點懊惱自己說溜了嘴，讓安東尼知道維德的事。畢竟這屬於維德的隱私，而且安東尼一口一個「複製人」，聽在菲爾耳中總覺得有些不舒服。

也許對於肯恩他們來說，現在的維德是多餘的存在，只是個複製人的他稱不上是他們的家人。可對於從未與「維德」相處過的菲爾，他一開始認識的便是現在的維德，而對方也確實是個很照顧他的兄長。

於是菲爾反駁：「不要老叫他複製人……他的名字是維德。」

菲爾的外表雖然冷冰冰的、似乎脾氣很不好，但安東尼知道他其實是個很溫和的人。與對方認識以來的相處，令他知道現在對方的語氣有點重。

肯恩曾分析過菲爾的性格，懷疑他有討好型人格的傾向，這是由於從小缺愛所造成。所幸他情況不算嚴重，而且在回到家族後有了明顯的改善。

因此難得被菲爾否定話語，安東尼不僅絲毫不生氣，反而還有些欣慰。

「維德」死亡時安東尼還小，相較於肯恩幾人，他對維德的記憶已經很模糊了，所以反而比較能接受對方的出現，也不會像蓋倫那般，對對方有這麼大的敵意。

雖然安東尼無法把對方視爲家人看待，但將其當作是與「維德」同名同姓的一個陌生人還是可以的。

其實安東尼對維德更多的是好奇，特別是對方繼承了「維德」的記憶，安東尼想藉由他去了解已經去世的二哥。

見菲爾不高興了，安東尼便從善如流地說道：「抱歉，我以後不會再這麼喊他了。其實我一直很想與維德結識，菲爾你能介紹我與他認識嗎？」

菲爾訝異地詢問：「我以爲你很討厭他？」

「討厭……也不至於吧？」安東尼解釋：「在我的印象中，『維德』是一個很帥、很可靠的兄長。如果複製人與『維德』有著一樣的性格，即使我們當不成家人，當朋友也很不錯。」

菲爾想了想，若能緩解與安東尼之間的關係，維德應該也會高興吧？

不過他沒有擅自決定是否帶安東尼去安全屋，而是取出手機，道：「我要先詢問維德的意願。」

安東尼點了點頭：「理應如此。」

菲爾正按著手機，結果當事人卻先自己找過來了。

稍早之前，睡不著的維德滿腦子都是菲爾未說完的話題——格雷森大宅三樓的神祕美人。

想到這個還未聽完的八卦，維德便心癢難耐。再加上菲爾決心對安東尼坦白，也不知道進行得順不順利……

既然翻來覆去睡不著，他決定直接往格雷森大宅找菲爾問個明白。

有隱形藥劑的神助攻，再加上對地形的熟悉，維德出入守備森嚴的格雷森大宅簡直如入無人之境。他在菲爾的房間沒看到人，想起對方提及要找安東尼坦白，便前往安東尼的房間碰碰運氣，正好目擊菲爾說溜嘴的整個過程。

維德：「……」

看到菲爾輕易就被安東尼唬住，詐出了一直有與他聯繫的祕密，維德一臉沒眼看地摀住了臉。

爲什麼？是我的教育出了問題嗎？

已經耳提面命地告訴你該怎樣提防別人問話，可才沒盯著你多久，連內褲顏色都快要被詐出來了啦！

維德默默嘆了口氣，打量著一臉純良的安東尼，幾乎可以確定這小子是個扮豬吃老虎的狠角色！

隨即見菲爾打電話給自己，便輕觸了「拒絕來電」的圖示。

「咦？」菲爾愣住了。

「怎麼了？維德沒接電話？」安東尼問。

菲爾正想解釋，卻被突然出現在房裡的第三個聲音嚇了一跳：「我不是沒接電話，而是把電話掛了。」

兩人都被突然出現的聲音嚇到，安東尼立即將菲爾擋在身後，厲聲質問：「誰!?」

相較於此時已進入高度戒備的安東尼，雖然同樣被嚇了一跳，可隨即從熟悉的嗓音認出對方身分的菲爾顯得輕鬆不少：「維德？」

「嗯。」維德沒有繼續嚇唬兩個孩子，抱著雙臂笑道：「有什麼事情，你們直接問我吧！」

安東尼卻對此抱持著懷疑：「你怎麼證明你是維德？」

菲爾解釋：「我認得他的聲音……」

可安東尼仍心有疑慮：「偽裝聲音又不難，我也可以。」

「我也可以」這四個字，安東尼便是偽裝成維德的聲音說出。雖然細聽之下有差異，但已非常相似。

若不是菲爾親眼看著安東尼說，而是在沒防備之下突然聽到，說不定眞會誤以爲是維德在說話。

維德聳了聳肩，道：「即使我想現身也沒辦法，我喝了隱形藥水，藥效還未結束呢！」

凡事各有利弊，魔藥的確比施法方便，但選擇喝藥往往就得待藥效結束後才能解除隱形狀態。

而且隱形魔藥雖然對身體沒有副作用，續杯多少都可以，但不同的魔藥卻不能同時多喝，不然藥效會互相抵銷或變質。假若要上戰場，即使隱形藥劑的能力能令敵人防不勝防，但維德還是會更偏好使用能保命的治療魔藥。

見安東尼對維德的身分依舊很有疑慮，菲爾想了想，從空間水晶中取出一枚淡黃色的電視石。以魔力啓動寶石能量後，柔和光芒浮現，原本隱形的維德便在光芒中展現了身影。

維德饒有興味地把手伸出光照範圍，手便再次於藥效下隱形。也就是說，現在菲爾與安東尼之所以能夠看見他，只是因爲他在寶石的魔法下現形了，其實並沒有解除魔藥的效果。

菲爾拿出一條繩子，簡單幾下便打出一個牢牢綁住寶石的漂亮繩結，並把這條臨時製作的掛飾掛到維德脖子上：「送你。」

向安東尼表明了身分後，維德再次回到先前的話題上，他詢問安東尼：「所以你知道多少？爲什麼要找我？」

安東尼露出燦爛的笑容，毫不介意維德對自己略帶抗拒的神情，道：「猜到一點，但不多，你願意告訴我嗎？找你也沒什麼特別原因，只是想跟你交朋友而已。」

菲爾看了看維德，又看了看安東尼，二人的相處比他想像的和諧太多了，之前他還擔心雙方見面會吵起來呢！

是因爲安東尼與已經去世的「維德」關係很好，所以愛屋及烏嗎？

他卻不知道事實正好相反，因爲安東尼是格雷森家族中最不熟悉維德的人，因此才比較容易接受現在這個維德的存在。

開朗熱情、長得還好看的安東尼，素來是個社交達人，輕易便與維德打好關係，並且獲得進入安全屋拜訪的權利。

維德會這麼爽快地把安全屋交代出來，只是覺得反正菲爾這個傻小子輕易就會被對方套話，乾脆也不藏著了。

雖然維德不想被肯恩他們找到，卻不代表怕他們。既然菲爾不介意，維德也沒有什麼不能告訴安東尼的。

應付了安東尼的好奇心後，維德也沒有忘記此行的目的，一臉八卦地詢問菲爾：「之前的話你還沒有說完呢，有關三樓的美人。」

喜歡聽八卦顯然是人類共有的天性，安東尼聞言，立即被勾起了興趣：「美人？什麼美人!?」

維德摸了摸下巴，道：「也許是……菲爾的後媽？」

「後媽」這個詞實在太具衝擊性，加上這句話勾起了菲爾的記憶，令他想起撞破肯恩送情人動物耳朵的尷尬回憶，菲爾瞬間眼神死了……

連「後媽」都出來了，再加上菲爾的表情顯示出維德那番話並不是毫無根據。安東尼的表情也好不到哪裡，瘋狂搖晃彷彿靈魂出竅般的菲爾：「什麼後媽？哪來的後媽!?」

菲爾的後媽，不也是我的後媽嗎？

見自己一句話把兩個小的驚得不行，維德補救般地說道：「呃……其實也不算後媽……畢竟菲爾的親媽沒有與肯恩結婚，而且肯恩也還沒與美人結婚……」

可惜維德的安慰完全起不了作用，還顯得菲爾的家庭關係更亂了。

菲爾搖頭反駁：「不是後媽……那個人是男的。」

「是男的？所以不是後媽，是後爸!?」維德驚呼，隨即他還想起菲爾的親媽好像結了婚，所以後爸的話，他其實已經有一個了。

然而這話實在有些缺德，最後維德很有同伴愛地沒有把它說出來。

「你不奇怪那是一個男人嗎？」菲爾覺得維德的重點完全錯了，現在是後媽還是後爸的問題嗎？難道重點不是父親喜歡的人是個男的？

維德理所當然地說道：「可你說他是個美人啊！肯恩就是個顏狗，現在他比較穩重了，也許你的感受不太深。但在我小時候，那傢伙玩得挺花的。」

其他兒子也許還會爲肯恩在親兒子面前保留些印象分，但心有怨氣的維德不踩上一腳已經很好，自然說得毫無顧忌。

這對於菲爾來說有些難以想像，畢竟自他來到格雷森家族後，也只在新聞中看到肯恩帶著各種美人出席活動，感覺都是些正常的交際應酬。

菲爾沒有接觸家族企業，唯一出席的宴會便是自己的歡迎晚宴，雖然偶爾會在新聞中看到肯恩濫情的報導，但一直沒什麼眞實感。

說起來，最近肯恩好像與一個名模走得很近，兩人約會的照片被一些網路媒體拍到了。

菲爾再想到肯恩藏在三樓的貓耳男……難道他眞的是個腳踏兩船的渣男!?

欺騙感情……這樣不好。

維德見菲爾一臉深沉地不知道在想什麼，表情看起來非常嚴肅，不曉得的還以爲他在思考什麼人生大事。

維德隨即看向安東尼，對方還處於得知肯恩在三樓金屋藏嬌的震驚中。他忍不住在心裡嘀咕，現在的孩子心理素質不行啊……卻全然沒想到自己剛得知神祕美人的消息時，並不比安東尼淡定多少。

菲爾猶豫著說道：「我好像曾經見過那個人……可是我想不起在哪裡見過了。」

安東尼聞言，立即在電腦搜尋出眾多照片：「這些都是曾與肯恩傳過緋聞的的單身男性，菲爾，你認認看？」

維德挑了挑眉，指出：「說不定那人不是『單身』男性呢！」

安東尼一臉無奈：「……我對肯恩的節操還是有信心的。」

一輪辨認下來，菲爾還是未能從網路照片中找出貓耳男的身分。到後來，安東尼甚至真的把曾與肯恩傳過緋聞的已婚男子照片都找出來了，可依然沒在其中。

眾人感到既失望，卻也鬆了口氣。

至少不是真的已婚男士……

肯恩搖搖欲墜的節操暫時保住了。

想不出這人是誰，菲爾便先把這事丟一旁。反正他已經決定明天赴約了，見面的時候直接詢問對方就好。

維德滿足了聽八卦的心後，消失的睡意終於回籠。

正要回去補眠的維德在離開前頓住了腳步，回首向目送他離開的菲爾說道：「對了，菲爾，告訴你一個祕密。」

在菲爾疑惑又好奇的注視下，維德指了指安東尼，說出一個對方還在猶豫著該不該告訴菲爾的消息：「這小子是個特警組預備役喔！」

在菲爾「咦！什麼!?」的驚呼聲中，維德笑著離開了格雷森大宅。

利用菲爾打探我的情報？呵呵！

我可不是個吃了虧，會選擇忍氣吞聲的人呢！

◇◇◇

經過了高潮迭起的一天，而且還見證了諸多祕密以後，這一晚菲爾作了整夜怪夢。

夢裡他看到變成怪物的比利，被怪物追殺時逃到三樓遇見貓耳男。然後安東尼突然出現大殺特殺，解決掉怪物的他帥氣地撥了撥頭髮，道：「本大爺是異能特警喔！」

從夢中驚醒的菲爾，睡醒後比不睡還要累。

頂著大大的黑眼圈，菲爾打著呵欠來到餐廳時，發現一臉倦容的肯恩等人已在等他。不僅如此，還多了柏莎與一個菲爾不認識的男人。

菲爾對柏莎並不陌生，格雷森家族定期會舉辦家族活動，活動內容不一，有時候是小聚在一起看電視劇，有時則舉家到他國旅行幾天。

奧爾瑟亞及柏莎曾參加過格雷森家族的燒烤聚會，那天大家玩得很晚，二人便夜宿在格雷森大宅。他也是那時候才知道，她們兩人在大宅中有屬於自己的房間。

後來柏莎還作爲活動發起者，舉辦了一次只有年輕一代參與的電動聚會。

那場聚會讓菲爾印象非常深刻，當天挑選遊戲時，一眾男士展現了紳士風度，讓柏莎決定，結果柏莎便高高興興地選了最近很流行的一款乙女遊戲。

遊戲玩法與一般乙遊沒太大區別，就是讓女主角認識不同的男生，選擇不同的選項後提升好感度。偏偏如此平凡的乙遊，在眾人操作下玩出了各種花樣。

馮總是興致勃勃地嘗試與各種奇怪的東西，比如大樹、垃圾桶、電燈柱等對話，試圖找出遊戲中有沒有隱藏彩蛋。

與男角色對話時，蓋倫會故意挑土味情話的選項，壞心眼地聽著角色說出令人尷尬得想腳趾摳地的台詞，邊樂得哈哈大笑。

安東尼很喜歡其中一個攻略角色養的狗，他頻頻選擇與該角色約會，只爲了能夠到他家擼狗。不過當好感度解鎖、對方把狗送給他遊戲中的角色當定情信物後，安東尼便當場把人踹了。

柏莎則擁有遠大理想，她雨露均霑地試圖攻略所有男角，並表示小朋友才做選擇，她全都要！

最後竟然眞的讓她達成了五人行結局……不得不說那遊戲的自由度眞的很高。

那是讓菲爾大開眼界的一天，同時亦成功拉近了他與柏莎的距離。因此今天在餐桌上看到兩位女士時，菲爾沒有露出面對陌生人的拘謹。

然而輕鬆的神情不到兩秒，很快菲爾便察覺到前來拜訪的人之中還有一名陌生男子。緊張之下，菲爾的表情瞬間僵硬起來，變成了眾人熟悉的冷酷臉。

蓋倫見狀忍不住翻了翻白眼，小聲嘀咕了句「真沒出息」，引來肯恩不贊同的視線。

陌生男子名叫德莫特，正是負責駐守第三區的異能特警鷲鳥。鷲鳥是最早跟隨肯恩的異能者之一，深得肯恩信任。

得知格雷森家族多了一個不是異能者的孩子時，德莫特早就想來看看了。然而三區雖然相對和平，可駐守的異能特警也少，因此他一直抽不開身，直至這次前來首都支援，才終於見到菲爾本人。

看到菲爾冷起一張臉、一副不屑與人交流的模樣，德莫特挑了挑眉，上前向菲爾伸出了手：「我是德莫特。」

德莫特身材高大，穿著一件翻領風衣，滿是鬍碴的臉孔有著與肯恩他們同款的疲倦，看起來滄桑又瀟灑。同爲中年大叔，德莫特有著與肯恩不一樣的帥氣，看起來也比溫和的肯恩更具攻擊性。

菲爾的童年一直缺乏「父親」這個角色，令他不太擅長應付德莫特這種看起來充滿陽剛與凌厲氣質的男性。

看到對方伸出來的手，緊繃著臉的菲爾表情更加陰沉了。一臉陰鬱又不好惹的少年，其實心裡慌得一團亂。

略帶緊張地與德莫特握手，菲爾驚訝地發現對方厚實的手掌觸感非常粗糙，無論是手指還是掌心，都有明顯的厚繭。

菲爾猜測這是工作時勞動的痕跡，對此沒有多想。可如果是其他對冷兵器有所認識的人，立即便能從厚繭分布的位置，分辨出這是經常使用刀劍所留下的。

這個時代會使用冷兵器的人已經很少，一般人都偏向更容易掌握、殺傷力更大的槍械。可外號「鷲鳥」的德莫特，卻是特警組中最擅長使用刀劍的人。

擁有瞬移能力的德莫特是名天生的暗殺者，眾所周知使用異能會消耗體力與精神力，這令他能夠瞬移的距離有了限制。可只要距離許可，他便能無聲無息地出現在敵人身邊，令人防不勝防。

往往敵人還未反應過來，便已被他一劍斬首。相較於遠距離射擊的槍械，刀劍能更好地搭配他的能力。

對陌生人的拘謹，讓菲爾禮貌地只與德莫特輕輕一握便放開手，此時他注意到對方的手戴著啞黑色的手鐲，手鐲表面沒有任何裝飾花紋，遠看就像在手腕上紋了一圈黑色紋身一樣。

雖然不知道手鐲實際是由哪種材質打造，可經常製作飾品、對各種礦物很有研究的菲爾，還是能看出德莫特的手鐲與柏莎的腰帶是相同材料所製。

隨即菲爾便發現德莫特的另一隻手也佩戴著相同款式的手鐲，兩只手鐲完全貼合在手腕的皮膚上，沒有一絲縫隙，彷彿是身體的一部分。

想到柏莎那條相同材質的腰帶，菲爾猜測手鐲也同樣擁有變換形態的特性，就是不知道它們能夠變成什麼了。

菲爾好奇地感應一下，確定手鐲並不是附了魔的魔法飾物，再加上菲爾認識所有自然礦物，卻不清楚手鐲的材質是什麼，那東西變形的能力大概來自於高科技吧。

想到這裡，偏科嚴重、身爲純粹魔法系的菲爾頓時對手鐲失去了興趣。

注意到菲爾的視線，德莫特眨眼間便將手鐲變成了長劍。他的嘴角勾起一個漫不經心的微笑，隨意揮動了手中的劍，動作帥氣又瀟灑地自我介紹：「我是個劍術家，也是馮他們的劍術老師。」

德莫特這番話倒沒有騙人，雖然隱瞞了異能特警的身分，可他明面上的工作的確是劍術老師，而馮這些年輕一代的特警組成員都接受過他的訓練，也算是他的學生了。

見到菲爾驚得瞪圓了雙目的模樣，德莫特滿意了。情緒外露的菲爾可比繃著一張冷臉的時候可愛多啦。

然而他不知道的是，菲爾的驚訝不只因爲他的劍術家身分，更多是因爲他是教馮他們劍術的人。

菲爾的震驚，是找到了罪魁禍首的震驚。

所以……我剛來到格雷森家時經常被兄弟間的刀光劍影嚇到，數次掙扎著該不該打電話報警……

都是因爲你嗎!?

03

揹著狗的老鼠？

得知德莫特正是讓家裡充滿危機的凶手後，菲爾心情複雜，再加上有了對方是兄長們劍術老師的這層關係，面對對方時，菲爾已沒之前那麼緊張。

肯恩告訴菲爾，最近德莫特到首都出差，有空時會來大宅教導馮他們劍術。至於柏莎，由於奧爾瑟亞這幾天工作特別忙碌、不在家，她會來大宅借住一段日子。

這番話真假摻半，德莫特確實時不時會來格雷森大宅訓練男生們劍術，但他來首都的主要目的是爲了幫忙調查「神藥」一案。

奧爾瑟亞也確實工作很忙，可柏莎已不是監護人不在家便需要其他人照顧的年紀了，她住在大宅主要也是爲了方便查案，同時她也有自己的私心……

「有三樣東西是無法隱藏的，咳嗽、貧窮和愛」，這說法放在柏莎身上可謂貼切無比。即使她再三壓抑著自己的心情，吃早餐時還是經常忍不住將視線投往德莫特。

是的，柏莎喜歡德莫特，而且喜歡很久了。

早在她剛成爲特警組實習生、與德莫特初次見面時，柏莎便受這位實力強悍的教官吸引。

情竇初開的柏莎勇敢求愛，卻被德莫特以她還未成年而拒絕。然而當柏莎等啊等，終於二十歲成年時，鼓起勇氣的告白卻再次以失敗收場。

第二次被拒絕，柏莎知道自己應該死心了，可是感情並不是說放下便能立即放下，她就是喜歡德莫特，會不由自主地追逐著對方的步伐。

像這次得知對方會暫住首都，她立即自薦來幫忙，就是爲了能與對方多相處。

柏莎對德莫特的愛意自然被其他人看在眼中，蓋倫最看不得柏莎這副倒貼的戀愛腦模樣，聽到肯恩提及她過來這裡的原因時，頓時翻了個大大的白眼。心想誰不知道柏莎醉翁之意不在酒，根本就是追男人追了過來呢？

好吧！菲爾就不知道。

所以看到突然翻白眼的蓋倫，菲爾滿腦子問號，心裡疑惑著他又在發什麼神經了。

不過此時菲爾正爲肯恩的話而雀躍，並沒有將太多心神放在蓋倫奇怪的舉動上。

以前他在約翰遜家一直是隱形人般的存在，安妮從來不在意菲爾，更不可能因爲有人借住在家裡而特意通知他。

肯恩告知菲爾這件事，在馮他們看來也許理所當然，可對菲爾來說，卻是很新奇的體驗。

這令菲爾感受到自己是家裡的一分子，是被尊重著的，這是菲爾曾經作夢都不敢想的事情呢！

肯恩與德莫特有事商談，二人吃完早餐便先行離席。他們離開後，蓋倫總算能不吐不快：「眼睛都快黏到人家身上了，身爲女生，妳矜持些吧！」

柏莎反唇相譏：「女生就不能追求自己的幸福嗎？追求喜歡的人又不是見不得光的事情，總比你被人甩掉好看。」

蓋倫生氣地道：「德莫特是妳的長輩，年紀都可以當妳爸了！妳別老是追著他跑！」

柏莎最煩蓋倫拿德莫特的長輩身分及年齡差來說嘴，語氣也尖銳起來：「德莫特是肯恩的朋友而已，又不眞的是我爸！而且他也是異能者，比普通人長壽多了。與異能者漫長的壽命相比，短短的十多年差距根本算不得什麼！」

菲爾震驚地看著互嗆的雙胞胎，不知道該因爲柏莎的單戀而驚訝，還是該緊張於這對兄妹之間的劍拔弩張。

認識蓋倫與柏莎以前，菲爾一直對雙胞胎都擁有神奇的心靈感應、感情非常融洽有默契等有著刻板印象。現在見他們吵起來，瞬間有些手足無措，想要勸架卻又怕多管閒事。

相較於不知所措的菲爾，馮與安東尼淡定得很。蓋倫與柏莎其實感情很好，但兩人也都要強又有主見，所以吵架已經不是什麼新鮮事了。

以雙胞胎吵架爲背景，馮喝了口咖啡，與安東尼閒聊了起來：「眞了不起，以蓋倫的性格，竟然能夠忍耐到肯恩他們離開才爆發。」

安東尼拿叉子撥弄著餐盤上的沙拉，道：「別看蓋倫這樣，他還是很重視柏莎的，不會在德莫特面前說她啦……」

「別玩食物。」馮淡淡說了一句。

「哦……」安東尼乖乖把菜塞入口中。他討厭吃蔬菜，特別是生的。總覺得吃完以後口中一直殘留著奇怪的青草味。

二人淡定的模樣很好地安撫了被雙胞胎爭執驚到的菲爾，他如夢初醒地問道：「柏莎說德莫特也是異能者？」

「也」？

馮敏銳地察覺到菲爾話裡的不尋常，菲爾是知道柏莎異能者身分的，所以這個「也」應該是指柏莎。可或許是菲爾說話時是看著安東尼，這讓馮產生一種對方知道安東尼是異能者的錯覺。

馮托了托眼鏡，心想是自己太敏感嗎？

安東尼則完全沒察覺到菲爾說溜嘴了，他點點頭，道：「對啊！德莫特是個異能者喔。」

德莫特的異能者身分並不是祕密，雖然異能特警因爲安全因素要隱藏職業，但也不是必須裝作普通人的。只是因爲裝作普通人比較方便，因此大部分特警都選擇以普通人自居。

像柏莎，一開始便坦言告知菲爾自己的異能者身分，菲爾也不會因此聯想到異能特警身上。

此時雙胞胎終於吵累了，他們各有自己的觀點與想法，誰也無法說服誰，最後不歡而散。

怒氣沖沖的雙胞胎離開後，餐廳再次恢復寧靜。看人走得差不多了，馮直接取出電腦，開始處理公司的事情。

徵詢菲爾與安東尼的同意後，馮進行了一場公司內部的線上會議。兩個小的自覺地安靜下來，餐廳中只餘細微的進食聲，以及馮和他人議談的聲音。

在所有兄弟中，菲爾對馮的了解最少。只知道這位看起來很可靠的兄長有些毒舌，平常工作很忙，明明是總裁，卻總散發著社畜的氣息。

這還是他第一次看到馮會議中的模樣，工作時的馮特別有氣勢，簡直就像傳說中的霸道總裁！

菲爾這個想法可不是貶意，他想的霸總也不是那種懟天懟地、目中無人的傢伙。而是在稱讚馮高貴又氣派，一個眼神便能鎮住場面。

馮很快便處理好公司的緊急事務，喝下最後一口咖啡後也離開了餐廳。

留下來的菲爾與安東尼對望一眼，隨即告知伊莉莎白他們要外出逛逛。可離開了大宅後，二人立即分道揚鑣——一人去安全屋找維德，一人則前往特警組總部報到。

昨晚維德離開時，指出安東尼是異能特警的後備成員，即使他只針對安東尼，沒有把肯恩他們的身分一併洩露，已足夠讓菲爾震驚又好奇了。

想不到身邊的小夥伴竟然是政府組織的人，男生們總對紀律部隊有著不一般的憧憬，菲爾自然不例外。素來沉默寡言的他，難得像個好奇寶寶般詢問了安東尼不少有關特警組的事。

安東尼耐心回答，並請求菲爾不要把他的身分告訴別人，當作不知道此事就好。

同樣須要隱瞞身分的菲爾自然理解安東尼的心情，立即應允下來。

安東尼現在的處境與維德一樣，是兩邊隱瞞的狀態。他既瞞著大家菲爾的法師身分，又對菲爾隱瞞肯恩他們異能特警的身分。

雖然瞞著兩邊有點辛苦，可告知菲爾自己特警後備成員的身分後，也更方便進行特警組的活動了。

像現在，安東尼只要直接告訴菲爾自己要到特警組報到就好，不用再費心去找藉口。而且菲爾調查神藥案時有什麼進展，也會與他分享情報。

投桃報李，要是特警組那邊有任何關於神藥案的新消息，安東尼也願意與菲爾分享。

雖然這樣做違背他的職業規範，可是菲爾已是「神藥」的相關人員，對於沒有自保能力的平民來說，的確是知道得愈少愈安全沒錯。然而菲爾是個法師，知道愈多資訊，反而能夠更好地保護自己。

另外，安東尼在詢問有關法師的事情時，意外得知菲爾受詛咒、需要靈石吸收咒力一事。

安東尼對此非常擔心。特警組很可能有魔法界沒有的情報，爲了治好菲爾的傷，安東尼動了使用特警組情報網的心思。而既然都開先例了，也不差與菲爾分享神藥案的情報。

◇◇◇

與安東尼分開後，菲爾來到了安全屋。

這是維德要求的，他收到的短訊內容是：昨晚罵得不夠，今天繼續罵。

當菲爾進去時，維德已抱著雙臂、一副恨鐵不成鋼的模樣在等著他。

菲爾：「……」

好可怕！

好想拔腿就逃……

不過菲爾也只敢在心裡想想，要是他眞的轉身就走，維德絕對會比現在生氣一百倍。

想到維德花了那麼多心力教導自己如何隱藏身分，結果自己卻輕易被安東尼察覺出異樣，還牽扯到維德身上，菲爾便感到一陣心虛。

昨晚因爲安東尼在，維德沒有多說什麼，可菲爾知道今天的一頓說教絕對少不了。

果不其然，維德早已在安全屋等他，一臉要興師問罪的模樣。菲爾只覺得此刻自己的心情就像個逃學的孩子，翻出學校圍牆時，倒楣地落在學務主任面前般絕望！

眼神閃爍地左看右看，就是不敢與對方視線對上。就在菲爾想著自己是不是應該先道歉之際，維德卻已大步上前，伸出拳頭用力敲了敲菲爾的頭：「我說過很多次了！要正眼看人！」

維德這一敲是用了力的，還眞的有點痛。自從熟識以後，維德一直致力糾正菲爾不喜歡看人的壞習慣。可以沉默寡言，但不能沒禮貌！

被教育的菲爾立即抬頭看向維德，都被訓練得幾乎是條件反射了。

維德道：「……你瞪著我幹嘛？」

手很癢，好想再敲一次。

要不是知道這小子沒膽，這樣瞪著我我都以爲是在故意挑釁了。

抬頭時把眼睛睜得大大的菲爾，頓時眨了眨眼睛恢復過來，解釋：「你要我看著你……我就想表現得明顯一些……」

維德更加無言了：「你以爲在考駕照嗎？」

菲爾疑惑：「？」

「考駕照時，所有動作都要特別誇張，好讓考官看見……」話說到一半，維德猛然驚覺他們已完全偏離話題。

「這種事怎樣都好，重點是你對於自己昨天的表現，有什麼話要跟我說嗎？」維德果斷地把話題拉回正軌。

「對不起！」菲爾老老實實地道歉，並開始自我檢討：「我太大意了，讓安東尼知道了我的身分。而且還不小心說溜嘴，把你牽扯進來……」

菲爾道歉態度誠懇，讓維德氣消了不少。其實他倒不介意被菲爾連累，別說只有安東尼知道這件事，即使引來肯恩他們的追捕，維德也不怕他們。

可這不代表維德會輕輕揭過這事情，畢竟菲爾也是時候受些教訓了，好讓他長長記性，往後才能更好地保護自己。

於是維德提出：「我接受你的道歉，但有條件。」

在菲爾好奇的注視下，維德勾起嘴角，道：「我知道德莫特最近會借住在你家，趁這個機會，你正好可以向他請教防身術。」

如果問，什麼是菲爾最害怕、最厭惡的事情，那絕對是要他揮灑汗水了。原本一副「誠懇道歉，你提出什麼要求都可以」的神色一變，變成了爲難與退縮：

「呃……我的運動神經很差，就不麻煩德莫特了……」

維德正起臉色，嚴肅地教訓道：「藝多不壓身，法師是個特別的族群，而人們往往喜歡把『特別』視爲異類，多點自保能力總是好的。」

簡單來說，就是智商不足，實力來湊。

菲爾傻乎乎、缺乏警覺心的性格，維德在與他相處過後已有充分的了解，總覺得他的法師身分什麼時候被人察覺都不奇怪。既然如此，就加強他的自保能力吧！

菲爾知道維德是爲了他好，何況他不久前才連累到對方，現在也沒有臉拒絕對方的要求，只能垂頭喪氣地應允下來。

維德見狀滿意地點了點頭，然後又道：「現在路上的人還有點多，我們晚些再到比利的住所調查。閒著也是閒著，我們來多做些反追蹤訓練吧！」

菲爾霍地抬頭，滿臉無法置信。

你是什麼沒血沒淚的魔鬼嗎!?

事實證明，在訓練菲爾一事上，維德的確是個魔鬼。

雖然菲爾的身分被安東尼知道後，維德總覺得距離肯恩他們知道已經不遠，然而瞞得一時是一時，魔鬼老師維德依舊把菲爾狠狠地教育了一頓。

也不怪菲爾學得這麼痛苦，身為法師，他既不了解科技，體力又差，無論是學習駭入監控系統，還是靈活走位躲在掩體後，對菲爾來說都是很困難的事情。

可他不是最痛苦的人，最痛苦的其實是教導他的維德。

教不動……真的教不動！

從未遇過如此朽木不可雕的學生！

所幸菲爾雖然體力不足，但有在認真學習，偽裝時，那些「菲爾」慣常的小動作幾乎已經沒有，搭配斗篷遮掩身形，還是很能糊弄別人的。

而且菲爾的反追蹤意識也在維德的耳提面命之下提高不少，至少也不是完全沒有收穫……吧？

當大魔王維德終於停止訓練時，菲爾已經累得癱成一張餅了。

看到癱軟在沙發上完全不想動彈的菲爾，維德踢了踢他：「坐好！」

「不……沒力氣了……」菲爾氣若游絲地回答。

維德抱著雙臂道：「這樣便沒力氣，明顯缺乏鍛鍊，看來只能加訓……」

不待維德說完，菲爾立即迴光返照般從沙發彈起，然後坐得端端正正的，讓人挑不出毛病。

維德嗤笑了聲，在菲爾緊張的注視中拿起手機，把照片傳給了菲爾，倒是沒有再提訓練的事情了：「看看想吃什麼。」

見維德沒有繼續抓著鍛鍊的話題不放，菲爾暗暗吁了口氣。只是看著手機上外送食物的照片，明明很餓，他卻完全沒有食慾：「這間上次吃過了……味道不好……」

菲爾是個隨遇而安的人，若說他有什麼追求的話，便是美食了。無論是約翰遜家族還是格雷森家族，在吃食上從未虧待過他，這養成了菲爾對食物特別挑剔的毛病。

不是說他一定要吃名貴的高檔餐廳，只要味道好，菲爾便會喜歡。像上次安東尼帶他去吃的燒烤店，菲爾也能吃得很盡興。

然而安全屋位置偏僻，願意外送的店家寥寥無幾。那些店本就不好吃了，外送過來的餐點味道更是大打折扣。

維德可不會慣著他：「這間不喜歡，那間又不好吃……不然你自己煮好了。」

維德是故意這麼說的，無論是他還是菲爾，都沒有點亮烹飪技能。叫外送好歹還能吃飽，要是真的讓菲爾自己煮，沒有把廚房燒掉都算是好的了。

菲爾不高興地抿起了嘴，最後還是勉強選了一些食物，可憐兮兮的模樣簡直就像受了天大的委屈。

不過食物送來後，他還是很自覺地全部吃光，沒有造成任何浪費。這讓維德皺起的眉頭鬆動開來，心想這個弟弟雖然嬌氣，但還是很乖的。

看菲爾實在是累了，維德便主動攬過收拾的工作，順道將垃圾拿到外面丟。

結果維德剛把二樓的門打開，便見外頭樓梯有道黑影一閃而過。

黑影閃退得太快，完全看不清楚是什麼，但應該是活物沒錯。

菲爾沒有看到門外狀況，見維德久久未回，便探頭詢問：「怎麼了？」

維德沒有說話，他默默放下垃圾，並打了一個手勢示意菲爾不要過來，手上不知何時已握著一柄手術刀大小的特製匕首。

剛剛的黑影體積很小，也許是流浪到這邊的小動物之類？

可安全屋的生活區域在二樓，下層還設有一道閘門，被維德花重金安裝了最先進的保全系統。流浪動物理應無法闖入，因此黑影的出現瞬間讓維德警戒值拉滿。

維德嚴陣以待的模樣也影響到菲爾，讓他緊繃地盯著大門看。

外面的東西似乎不怕人，很快地，它便在二人警戒的注視中折返門前。

不……應該是「牠們」。

看清楚黑影到底是什麼後，菲爾瞬間瞪圓了雙目，維德則忍不住驚呼：「什麼鬼!?」

不怪他們大驚小怪，畢竟老鼠揹著奶狗跑這種大場面，眞不是什麼時候都能看見的。

04

廢宅尋寶

菲爾很喜歡小動物，驚訝過後忍不住想要上前察看，卻被維德阻止。

只見維德拿出儀器檢測過兩隻動物體內沒有炸藥，身上也沒有追蹤與竊聽器後，才允許菲爾上前。

看著維德連串神操作的菲爾：「……」

這就是人與人之間的差距嗎？你也謹慎過頭了吧？

幸好菲爾只敢在心裡吐槽，沒有把話當著維德面前說出來，不然只怕對方又會拿昨天被安東尼察覺到身分，還被套話一事來教育他了。

獲得維德的允許後，菲爾立即走到一狗一鼠面前，並驚嘆道：「這隻老鼠好大隻！」

然而維德卻說：「牠不是老鼠。」

菲爾驚訝地再三打量，經過仔細觀察，他也有些遲疑。細看之下，眼前的生物確實與老鼠有些不同，可除了老鼠，他實在想不出到底是什麼動物。

菲爾苦苦思索：「我好像見過類似的動物……在很久以前的古老迷因？最近

又紅起來的那個。」

維德無奈地說道：「不……你說的是咆哮那隻吧？那是土撥鼠。」

說罷，維德上前抓住「老鼠」的後頸把牠提起：「也不知道牠們是怎麼越過保全系統進來的。」

維德的動作有些粗魯，語氣又凶巴巴的，看起來很不好惹。趨吉避凶是動物的本能，在維德另一隻手抓向小狗時，小狗果斷捨棄了牠的坐騎，逃命般往菲爾身上跳去。

在「老鼠」背部時，小狗一直是趴著的，直到牠騰空撲出，菲爾才看到小狗的腿特別短。也不知道是狗太小，還是因爲小短腿之故，牠躍出的力量顯然不足，跳出一點距離便往下掉。

菲爾連忙衝前，險之又險地在小狗墜地前接住牠。

沒想到小狗似乎覺得這是個好玩的遊戲，尾巴狂搖，吐著舌頭的模樣彷彿在燦笑。相反地，菲爾快被牠嚇死了，成功接住小狗後，心臟仍在怦怦狂跳。

小狗撲出的同時，被維德揪住後頸的老鼠則是頭一歪，原本因驚嚇而僵直的四肢軟綿綿地垂下。

維德皺起眉：「死了？」

他把那隻外形奇特的大老鼠放在地上，牠軟綿綿地倒地、沒有動彈。即使維德試探性地踢了踢牠，又或是退後幾步，牠也依舊沒有跳起逃跑的意思。

老鼠維持著最初被放在地上的姿勢，過了一會竟發出一股難聞的氣味。

菲爾看了看老鼠，又看向維德：「你把牠嚇死了？」

維德對菲爾的指責嗤之以鼻：「哪有屍體臭得這麼快？牠絕對是在裝死！」

老鼠就像聽得懂他們的對話，知道裝死沒有用，維德的話剛說完，牠便立即睜開眼睛往外逃竄！

然而牠快，維德更快！

早已有所準備的維德迅速伸手，準確抓住了老鼠的後頸，再一次把牠拎了起來。

維德晃了晃一臉生無可戀的老鼠，道：「之前我就覺得牠不是老鼠，但一時之間想不起是什麼生物。直至看到牠裝死的絕活，我總算想起來了。」

菲爾好奇地打量眼前的動物——白臉灰身、尖長的口鼻、小小圓圓的耳朵、沒有毛的長尾巴……真的不是特別肥大的老鼠嗎？

而且看毛色，這不像溝鼠，有點像……灰白色的花枝鼠？

雖然這「花枝鼠」大得出奇，都有貓那麼大了，可也不是沒有過老鼠長得這麼巨型的例子。

不過菲爾還是相信維德的判斷，花枝鼠也是老鼠的一種，既然維德如此肯定牠不是老鼠，那牠應該是其他生物。

於是菲爾好奇地追問：「所以牠是什麼？」

「這是隻負鼠，也不知道牠怎麼跟柯基混在一起。」維德再次晃了晃手中的負鼠，道：「雖然在某些地方負鼠很常見，但這裡不是牠們的棲息地，這隻大概是別人從外地引入的寵物。希望牠跟那隻柯基只是走失，不是被遺棄吧！」

是的，柯基。先前神氣地趴在負鼠背上，現在待在菲爾懷中的短腿小奶狗，正是一隻威爾斯柯基犬。

至於菲爾所以爲的老鼠則是隻負鼠，雖然長得很像老鼠，可牠甚至不是嚙齒類，而是有袋類動物。

「那現在怎麼辦？」菲爾問。既然不是野生動物，那總不能將牠們放回街上。特別是柯基還小，要是再被棄置，說不定很快便會變成冷冰冰的屍體。

現在天色已暗，接收流浪動物的慈善機構已經關門。維德煩躁地抓了抓頭髮，道：「先養著吧！暫時關在雜物房裡，其他事情明天再說。」

可動物不是洋娃娃，不是說關在房間就可以了，至少在把牠們交給動物機構之前，要保證這兩隻小東西能夠活得好好的，食物、清水與供牠們生活的窩必不可少。

負鼠還好，安全屋裡有水果可以給牠吃，可看起來還未完全斷奶的小狗則是個大問題了。

西區沒有寵物店，即使有，這個時間也早已關門。最後維德與菲爾找了好一會，才在一間超市找到幼犬可以飲用的寵物奶粉。他們還買了一些狗糧與寵物尿布，回去後第一時間便是替兩隻小傢伙穿尿布，以免牠們弄髒安全屋。

當然穿尿布不是長遠之計，若是眞的要飼養，教導寵物定點上廁所是身爲主人必要的任務。不過他們只是暫照顧一晚，便沒那麼講究了，怎樣方便怎樣來。

負鼠與柯基穿了尿布後的模樣很有喜感，簡直就像小嬰兒似地，菲爾與維德忍不住拿出手機狂拍一番。

維德用寵物奶粉泡軟了一些狗糧放在角落，菲爾看了看滿滿的奶與狗糧，再看了看只比手掌大點的柯基，猶豫道：「會不會太多了……」

難道這就是傳說中的「有種餓，是鏟屎官覺得你餓」嗎？

維德切了一盤水果放在狗糧旁邊，說：「負鼠是雜食性動物，牠喜歡吃水果，但也會吃奶與狗糧。要是食物放得太少，說不定負鼠會全部吃光，到時小狗便要餓肚子了。」

菲爾恍然大悟地點了點頭，同時覺得維德看起來大剌剌，對兩隻動物的出現也表現得很不耐煩，卻意外地體貼與細心。

其實維德沒有說的是，負鼠還會吃一些體型比自己瘦小的動物，比如眼前的小柯基就在牠的菜單上，所以食物多放些，把牠餵飽點總沒錯。

原本他是想將兩隻動物分開關著的，然而只要維德試圖將牠們分開，負鼠與柯基便會開始哀鳴，搞得他像是虐待動物的混蛋一樣。加上看到負鼠與柯基的感情是真的好，維德這才作罷。

在房間地板鋪了一些毛巾給兩隻小動物當暫時的窩以後，二人便出發離開安全屋。

卻不知道在他們離開後，房內傳來了一道少女嗓音：「我就說這樣可以吧？看！我們這不混進來了嗎？」

嗓音的主人聽起來年紀還小，語氣中滿滿的驕縱。

隨即空無一人的房間裡，傳出另一人的聲音。

一道青年嗓音驚恐未定地說道：「太冒險啦！那個看起來很不好惹的傢伙，好像要殺掉我似地！那人是誰？我記得格雷森家族沒有那傢伙啊！」

少女嗓音道：「我好像在查資料時見過這人的臉……可菲爾的幾個家人又確實沒有他啊？肯恩、馮、蓋倫、安東尼……難道我還漏了誰嗎？」

隨著少女聲音響起，柯基也隨之歪了歪頭露出疑惑的神情。小奶狗的歪頭殺萌萌噠，可只要知道這並不是真的狗，而是某種智慧生物偽裝的模樣，反而有種說不出的詭異與恐怖。

負鼠上前，很人性化地伸出前肢拍了拍柯基的頭，安慰道：「想不出來沒關係，反正我們已經成功混進來了，總能知道他是誰的。」

◇◇◇

安頓好兩隻小動物後，時間已經很晚，晚些菲爾還要赴貓耳男的約。他先回格雷森大宅露一露臉，再假裝回房間睡覺，然後偷偷溜了出去。

菲爾與維德相約在比利家會合，原本菲爾打算到安全屋載維德一起過去，然而卻被對方拒絕了。

維德表示他完全不想和菲爾一起擠在飛天掃把上，他自己過去就好。事實上他也的確不須蹭菲爾的隱形掃把，因爲維德的機車升級了，變成可以隱形的版本！

菲爾驚訝地看著重機從黑暗中現形，嘖嘖稱奇道：「這是怎麼辦到的？」

維德淡然說道：「這是最新的光學技術，利用視覺上的錯覺達至隱形效果。其實仔細看還是能夠看出輪廓，比你的魔法掃把差遠了。」

他話說得矜持，好像這台重機沒什麼大不了似地，甚至還有些嫌棄，然而眉宇間滿滿的驕傲都快溢出來了，一番話絕對說得言不由衷。

「已經很厲害了，雖然它不是眞正的『隱形』，但在晚上完全看不出破綻。」菲爾一臉驚歎：「而且重機很帥！」

哪個男生能拒絕這麼帥的重型機車呢？何況菲爾本就不拘泥於掃把造型，要不是朋友吉羅德堅持，他說不定騎著個魔法火箭到處飛了。

菲爾羨慕的模樣讓維德很受用，他揚起了下巴，道：「完事後我載你回去吧！」

「好！」菲爾應得毫不猶豫。不是他嫌棄自家掃把，只是家花雖美，但看多了總不及野花漂亮啊！

可惜菲爾的好心情，在看到比利家的慘狀後便消失無蹤。

一場無情大火奪去了十多人的性命，原本富麗堂皇的大宅被燒至焦黑一片。員警用來標記死者位置的小紙條顯得特別扎眼。

雖然過了一天，可空氣中仍殘留著一股難聞的味道。菲爾拿出一枚外形看起來就像顆冰糖的方解石，並啓動了它淨化空氣的能量，頓時覺得被異味折磨的自己總算活了過來。

維德已很習慣菲爾各式各樣的小魔法，不得不說有時候寶石能量確實很實用。即使現代科技也有不少能夠淨化空氣的辦法，但絕對沒有魔法如此有效與方便。

早已把案件熟記於心的維德，帶著菲爾在屋裡走了一遍。屋裡哪裡有血跡、死者陳屍何處，他都一清二楚。菲爾不禁反省自己對案子一無所知，雖然決心要調查神藥的來源，可相較於維德，他的準備實在太不充分。

維德安慰道：「別多想，這些案情細節不會公布，即使你想查也查不出來。我也是因爲早一步親自跑了一趟現場，加上用了些手段搜集情報才能知道。」

菲爾問：「手段？」

「我駭進了警局的內部網路。」維德說得淡然，彷彿只是做了些微不足道的準備。

不過對維德來說，這的確是很簡單的事情，他繼承了「維德」身爲異能特警時的記憶，不僅擁有出色的駭客技術，還很了解官方機構的各種運作。

「維德」曾經是個少年犯，即使改邪歸正後也不像馮他們那般守規矩。有時候爲了省下申報程序，貪圖方便的「維德」沒少做出駭進警局找資料這種事情。

菲爾既覺得維德很厲害，又覺得自己太沒用。之前他還信誓旦旦要當維德的搭檔，可總覺得對方有沒有他都一樣。

像安全屋什麼的，憑維德的實力也能夠自己準備，自從將人治好後，菲爾有很多事情都沒有幫上忙，這讓他有些急了。

維德看出菲爾的悶悶不樂，這個年紀的男生總是急於表現自己。維德也有過這種時期，很能理解對方的心情，便道：「有件事情需要你幫忙……」

在菲爾瞬間變得閃亮的眼神注視中，維德忍不住勾起了嘴角，續道：「火焰把很多東西燒燬，但說不定仍殘留一些人們察覺不到的證據，你的魔法能夠把它找出來嗎？」

菲爾點了點頭，他正是爲了尋找證據而來，並且早已有所準備。奶白色的電視石鈕釦發出一陣柔光，光芒迅速擴散至室內所有角落。

地面隨之浮出眾多鞋印，那是凶徒殘留下來的痕跡。那些凶手大概怎樣也想不到這些已經被灰燼遮掩住、本來不會被人察覺到的鞋印，會在魔法之下清晰無比地浮現出來吧。

在菲爾看來，這些鞋印雜亂無章，根本看不出什麼。然而看在維德眼中卻能獲得不少資訊，比如凶徒的人數、他們進入大宅後的路線等，從而推測出整件凶案發生的過程。

維德彷彿能夠看到那些人是怎樣闖入大宅，他們人數不少，有著強大的火力，簡直就像一隊訓練有素的軍隊。

這些人先是擊殺在大廳的傭人，接著逐個房間尋找亨伯特的身影。沿途碰到人就出手射殺，不留任何活口。

很快地，維德找到了亨伯特及他妻子的鞋印，畢竟會在屋裡穿拖鞋的應該也只有身爲主人的他們了。而他們也是唯一被凶手發現後，沒有立即遭到槍殺的人。

從他們被押至一個房間，以及魔法效果顯現出來的血跡來判斷，他們似乎曾被嚴刑逼供。那些傭人的屍體堆放在他們身邊，也許這正是針對亨伯特夫婦心理壓迫的手段，當然也不排除只是爲了方便點火時能更好地毀屍滅跡……

那些人……是想從這對夫婦手中獲取什麼東西或情報？

他們成功拿到想要的東西了嗎？

如果沒有，東西會藏在哪裡？

維德把他的想法告訴菲爾，菲爾便把手按在電視石上。隨著他想法的改變，施加出來的魔法目標也從顯現與凶案有關的痕跡，變成了亨伯特想要隱藏之物。

魔法光芒掃過大宅裡的每處角落，最終在一面牆壁上閃耀，隨即電視石便因能量耗盡而粉碎。

想不到菲爾的魔法竟然眞的找到線索，維德有些驚訝。畢竟亨伯特夫婦在生命受到威脅時，很有可能會把東西交出以換取活命的機會。即使他們拚了命也不透露，凶徒也可能早就搜索到並把東西帶走。

就算那些人眞的什麼都找不到，那場大火說不定也已將它毀掉了……

而現在，菲爾的魔法卻找到線索，這對維德來說絕對是意外之喜。他上前仔細研究那面曾發出光芒的牆壁，可最後失望地確定了這眞的只是一面牆，沒有暗門，也沒有設置嵌入式保險櫃。

維德研究不出什麼，菲爾就更加找不到了。菲爾有點懊惱地說道：「沒想到這次會耗盡寶石的能量……一時之間我也沒有備品，要不我們先回去，等找到適合使用的寶石再來？」

雖然菲爾還持有其他電視石，然而內含能量都不及剛剛那枚。最好的那枚說碎便碎，再用其他寶石也找不出什麼，只是白白浪費。

菲爾使用的魔法強度會受到作爲媒介的寶石的質量影響。寶石品質高低，直接影響能夠蘊含多少能量。

至於探尋大宅的祕密需要多少魔力，這並不是菲爾所能預料到的。簡單來說，想要挖掘一個祕密，找到這個祕密後所造成的因果越大，須要付出的魔力便愈多。

菲爾的寶石全都是品質很好的珍寶，可這枚本來還能使用多次的電視石卻只找到了一個大約的位置，便「啪」地粉碎了……

背後到底是多大的祕密啊!?

就在菲爾想著該怎樣入手更加完美的電視石時，維德卻已開始他的驚人操作。

這傢伙竟然開始拆牆了！

「這、這不好吧……」破壞現場不太好，何況把牆拆掉的話，警察不就知道有人潛進來了嗎？

可現在的確沒有其他辦法，菲爾也不想空手而回，一時之間不知該不該阻止對方的行動。

菲爾糾結之際，燒焦的牆壁表面已在維德的敲打下紛紛剝落，露出了磚頭疊砌而成的牆身。

隨即維德便開始用異能扒拉磚頭，很快便弄出了一個洞。

看到這情況，菲爾也不說什麼了。

反正牆壁已被破壞……隨便吧！

隨著洞口越開越大，維德拆牆的速度也愈來愈快。塵土飛揚間，菲爾看到有某種閃亮的東西隨著磚頭掉落，連忙喊停。

維德停止了異能，菲爾在地面破碎的磚頭間找到了一枚金屬片。

金屬片陷在磚頭裡，也就是說有人把它放在黏土中進行鍛燒。燒成紅磚後再用來砌成牆壁，成爲了大宅的一部分……也難怪凶徒沒發現到了！

藏得這麼深，除了魔法的指引，還需要些運氣才能把它找出來呢！

這讓二人更好奇這塊金屬片到底是什麼，卻發現它只是平平無奇的不鏽鋼，唯一特別的是在表面上刻了一個座標。

二人跟著座標來到西區，在一處僻靜的空地挖地三尺，找到了埋在泥土下的盒子。

盒子裡面，收藏著一枚色彩夢幻的亮片。

這塊材質不明、硬幣大小的亮片像水晶、像魚鱗，又像貝殼，泛著從未見過的幻彩光澤。最特別的是它自帶魔法能量，是一種菲爾從未見過的魔法材料。

這股魔力很特別，只稍微感應一下，菲爾便認出它與貓耳男手鐲上的能量一模一樣。

注意到菲爾的神情，維德問：「你知道這是什麼？」

菲爾搖了搖頭：「不知道，但見過擁有相同能量的東西。」

不待維德詢問，菲爾便把他在格雷森大宅三樓看到貓耳男，並且對方佩戴的手鐲上有著一模一樣的魔法能量一事說出。

維德聞言笑道：「果然是製作飾物的好手，在三樓碰到自家父親的情人，還不忘注意到對方佩戴什麼飾物。」

菲爾解釋：「他的手鐲很特別，有魔法的痕跡，而且製作的技巧……簡直像是我的手筆。」

說罷，菲爾再次覺得手癢了起來。在看到貓耳男那只怎樣看都符合他審美、材料與能量獨特的手鐲時，他便很想試著打造了。

可那時他只是想想而已，畢竟他連附在手鐲上特殊能量的來源是什麼都不知道，想要找也無從下手。

誰知道竟然會意外發現這塊擁有相同能量的亮片，這讓菲爾忍不住心癢癢。

不過他還是知道分寸的，這塊亮片也許是很重要的線索，還是他與維德一起發現的，菲爾不能獨佔它。

看出對方眼中的渴望，維德挑了挑眉，把亮片拋給菲爾：「拿去研究吧，只要不把它弄壞就好。」

維德動作突然，菲爾手忙腳亂地接住亮片，既驚喜又有些難以置信：「眞的嗎？眞的可以？」

維德不在意地擺了擺手：「反正一時半刻沒有頭緒，你拿去玩也沒關係啊！甚至用來鑲嵌到手鐲也可以，眞的要用到它再拆出來就好。」

菲爾只是想研究這塊亮片的能量結構，並在製作手鐲時把它復刻到魔法迴路裡，過程中不會傷及亮片。因此獲得維德的允許後他沒有推辭，喜孜孜地把東西收了起來。

找到亨伯特藏起來的寶物後，二人折返大宅再仔細調查一遍，卻沒有找到其他有用的線索了。

菲爾看著牆壁上的破洞，問：「這個不管了嗎？」

維德摸了摸下巴，建議：「你給它來一個恢復如新？」

菲爾冷漠著臉：「魔法界沒有霍格華茲，我們也不會收到貓頭鷹送的入學通知。請更正你對法師的刻板印象，謝謝！」

維德略帶失望地聳了聳肩：「好吧！至少我知道十一歲那年，我的貓頭鷹不是忘記飛來了。」

05

貓耳男的身分

「貓耳男約了我今晚見面，一會要問問他這東西的來歷嗎？」把玩著這晚唯一的收穫，菲爾想起其實他們對這亮片也不是全無線索的。既然貓耳男的手鐲擁有與亮片相同的能量，說不定他知道些什麼。

維德道：「我們先自己調查看看，我不相信那個人。」

菲爾覺得也對，他還不知道貓耳男的身分，甚至那人為什麼會留在大宅三樓、到底是否自願的，也不知道。

別看貓耳男對他好像很和善，說不定他是肯恩的仇人，恨他恨得不得了呢！

也不知道他為什麼找我，晚點的會面我要小心一些……

菲爾思考之際，聽到身旁的維德喃喃自語：「想不到肯恩玩得這麼花，偏執霸總×貓耳美男，相愛相殺還挺帶感的。」

菲爾：「……」

別什麼CP都嗑！

維德嗑了一會虐戀情深的CP後，開始出壞主意，拿出一個針孔監視器：

「這次私會你爸的情郎時帶著它，讓我看看到底是怎樣的美男子，能夠讓肯恩封鎖三樓金屋藏嬌這麼多年。」

什麼叫作「私會你爸的情郎」？這樣說也太奇怪了！

菲爾努力忽略這怎樣聽怎樣奇怪的形容，把注意力放在針孔監視器上：「這樣不太好吧……」

「有什麼不好的？要是那傢伙眞的不懷好意，我也可以及時支援。」維德以安全理由出發，最終成功說服菲爾。

其實若只是要監視這次見面實況，菲爾可以直接將影像顯現在他放在安全屋的水晶球上。白水晶擁有穩定的震盪頻率，寶石能量非常適合用來傳遞訊息。使用魔法飾物能有效避免監視器被發現的風險，不過卻被維德以「可是我想錄影」爲由否決了。

菲爾問：「爲什麼要錄影？」

「大孝子」維德回答：「說不定能夠記錄肯恩的犯罪證據啊！」

菲爾無奈道：「……你高興就好。」

再次回到格雷森大宅時，菲爾的一枚胸前鈕釦已被改造，裡面加入了一個不起眼的監視器。同時以白水晶耳環代替耳機的功能，讓雙方能夠隨時保持聯絡。

也不怪他們這麼謹慎，貓耳男身分不明，約菲爾見面的動機也不明，他們當然不能什麼都不準備。

菲爾看起來是單槍匹馬前來，背後卻有維德作爲堅強的後盾。

這讓菲爾忍不住想念起在魔法界四處闖蕩時認識的朋友……應該……還稱得上是朋友吧？

以前的他不懂與人相處，總是冷著一張臉。雖然曾與不少人搭檔，但大部分都只是利益關係，熟絡的人其實不多。

如果說有誰稱得上是朋友的話，吉羅德絕對排得上。他很仰慕菲爾的能力，性格又開朗活潑，不介意菲爾的冷臉。出任務時，即使菲爾不說話，吉羅德也能快樂地自己說個半天，菲爾偶爾「嗯」一聲他便很高興了。

最難得的是，在菲爾受了重傷、無法使用魔法時，吉羅德也沒有疏遠他。反而全力爲他打造一把魔法掃把，讓他擁有更多自保能力。

可惜菲爾脫離約翰遜家族的同時，也同樣遠離了魔法界。他已經很久沒有見到對方了，不知道對方現在是否安好。

吉羅德也像他那般，找到了能夠安心交付後背的新隊友了嗎？

邊懷念著魔法界的舊友，菲爾邊小心翼翼地來到三樓。貓耳男沒有說與他約在哪裡見面，菲爾略微猶豫後，決定先到對方的房間碰碰運氣。

經過他之前的觀察，肯恩還是很尊重對方隱私的，貓耳男的房間裡沒有受到監控。如果貓耳男要與他祕密會談，很有可能會在房間進行。

菲爾的想法沒錯，他沿著記憶中的路線來到貓耳男的房間，便見對方房門沒有關上。而他要找的貓耳男——雖然現在他戴的是兔耳，但初次見面那時給予菲爾太大的衝擊，因此他還是在心裡喊他「貓耳男」——正在房間裡等著他。

當隱身的菲爾步入房間後，貓耳男便上前將房門關上。態度自然得令菲爾弄不清楚對方到底是否知道他來了，還是碰巧想要關門。

很快地菲爾便知道答案，貓耳男將門關上後，對著空無一人的地方逕自說道：「你可以現身了。房裡沒有監控，隔音也很好。」

然而菲爾卻完全聽不到對方在說什麼，因為貓耳男的話被耳機傳出的吼叫聲掩蓋了：「是他!?」

此刻遠在安全屋旁觀菲爾赴約的維德，一改先前看八卦的悠閒模樣，一臉震驚地再三確認監視器中的影像。他崩潰般地叫喊，激動得連髒話都出來了：「幹！怎麼可能？竟然真的是他!!」

水晶傳遞的聲音直接在腦海裡響起，菲爾被維德的吼叫聲震得腦袋嗡嗡作響，連忙用意念把音量調到最低，這才劫後餘生地吁了口氣。

拯救了自己可憐的腦袋後，菲爾把注意力重新拉回到貓耳男身上。此時的貓耳男已把頭上的兔耳朵脫下，拿在手裡漫不經心地把玩著，並好脾氣地沒有催促一直默不作聲的菲爾。

所以……維德認識他？而且似乎對貓耳男的存在感到很震驚？

不過震驚也是正常的，如果疑似與肯恩玩囚禁PLAY的人是自己的熟人，怎麼想也是件很糟糕的事情吧？

可現在不是追究維德鬼叫原因的時候，菲爾不想讓貓耳男等太久，連忙將魔法掃把收回水晶空間裡。在隱形魔法失效的同時，房裡也顯現出菲爾的身影。

貓耳男饒有趣味地打量眼前突然現身的少年，隨即笑容滿面地向他打了聲招呼：「終於見面了，菲爾。」

「你知道我？」菲爾對此感到很訝異，隨即又想起了什麼般地詢問：「是父親告訴你的？」

不怪菲爾這麼驚訝，誰會拿兒子來當與情人聊天的話題啊？

我該不會也是你們PLAY的一環吧？

肯恩風評再次被害。

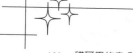

不知道菲爾爲何如此驚訝，貓耳男被對方瞪圓雙目的可愛模樣逗笑了，道：

「不，是我看見的。」

菲爾還未弄清楚對方這句話是什麼意思，安全屋那邊的維德已迫不及待地插話：「菲爾，問他爲什麼會在這裡。」

咦？

聽到維德語帶焦慮的要求，菲爾更加確定他與貓耳男是舊識。

菲爾想著要不要讓維德直接與貓耳男對話，可他又不想再讓別人知道他與維德有聯繫了，於是打消這想法，依然維持了原計畫，讓維德藏在後方，菲爾負責與對方交涉。

維德逐漸從看到貓耳男的衝擊中恢復過來，這才想起菲爾還不知道眼前的人是誰，便補充：「他是費里克斯。」

費里克斯？

誰？這名字有點熟悉……

隨著菲爾苦苦思索，貓耳男的名字與容貌終於緩緩結合成答案。菲爾目瞪口呆地驚呼：「你是費里克斯！在與蟲族大戰時壯烈犧牲的那個特警組總隊長！」

聽著菲爾的驚呼，費里克斯似乎覺得很有趣地眨了眨眼睛，打趣道：「你終於認出我來啦？」

不是他自傲，實在是世上不認識他的人只怕沒有幾個。特別是在他「死亡」以後，政府正好需要一個死去的、不會瓜分上層利益的英雄來樹立新政權的形象，便選擇大肆宣揚費里克斯的事蹟。

菲爾直至現在才把他認出來，老實說費里克斯還挺訝異的。

這眞的不怪菲爾，他在約翰遜家族生活時滿心都是怎樣提升魔力，對魔法界以外的事情並不了解。也是在前往格雷森家以後，菲爾才開始融入普通人的世界。

雖然費里克斯的事蹟被寫入教科書裡，然而菲爾正好錯過了那些課程。那時候爲免讓普通人懷疑，菲爾雖然也有到普通學校讀書，可是他對學業並不上心，還經常因爲各種原因缺席課程。

對身爲法師的菲爾來說，課堂上教導的東西毫無意義。他長大後根本不會從事普通人的職業，與其花時間學習普通人的知識，倒不如專注於魔法領域。

因此他雖然總覺得費里克斯很眼熟，可就是怎樣都想不起這個人到底是誰。

現在聽到維德唸出對方的名字，菲爾恍然大悟那股熟悉感到底從何而來。即使是從來不注意社會時事的他，還是聽過對方的鼎鼎大名。

在菲爾看來，作爲帶領第一批異能特警的隊長、在蟲族大戰時奔赴前線最終英年早逝的費里克斯，一生充滿著傳奇與悲情色彩，更別說這位名人還有著一張令人印象深刻、非常俊美的臉。

「你……你不是死了嗎？」菲爾仔細打量，確認眼前的是活生生的人，並不是遊蕩在世間的幽靈。隨即他又問出剛剛維德要求、同時也是現在的他想詢問的話：「你爲什麼會在這裡？」

費里克斯不答反問：「你認爲呢？」

這兩天菲爾承受的壓力其實不少，他一直很擔心自己的父親肯恩眞的做出犯罪的事。結果費里克斯一問，他一不小心便把這個壓在心底的憂慮脫口而出：「是肯恩把你囚禁在這裡嗎？就……金屋藏嬌？」

費里克斯點了點頭，神色凝重地說道：「是的。」

菲爾頓時倒抽一口涼氣，他最擔心的事情還是發生了！

少年法師露出了天崩地裂的表情，成功讓裝嚴肅的費里克斯破功，「噗哧」一聲笑了出來：「哈哈！抱歉……我不想笑的……哈！但你剛剛的表情眞的太有趣啦！」

此時菲爾哪還想不到剛剛對方是在逗他玩？也不知道該不爽還是該鬆了口氣：「你在騙我？」

「也不算是騙你吧？我確實是被肯恩囚禁在這裡……」費里克斯話語中還有止不住的笑意，眼角因剛剛的大笑而泛紅，看起來非常艷麗。

見菲爾因爲自己這句話而再次緊張起來，費里克斯露出惡作劇得逞的笑容，續道：「不過那是我自己要求的。」

「咦？」菲爾的心情大起大落，他已經不想說話了。

短短的相處時間裡，菲爾已充分領略到費里克斯的惡劣性格。對方就是喜歡逗他玩，愛看他一驚一乍的模樣，偏偏菲爾總是上當。

安全屋裡一直全程監聽的維德忍不住搗臉，心想以菲爾這傻乎乎的好騙性格，實在不夠費里克斯玩啊。

可同時又不免對對方那令人哭笑不得的熟悉性格感到懷念，維德不知道費里克斯到底是不是眞的沒有死，還是對方像他一樣，只是一個擁有原主記憶與感情的複製人？

維德衷心希望費里克斯當年只是假死，他祝願這位在最前線爲人類抗爭的英雄能獲得一個好的結局。

揹負著原主死亡的痛苦與感情而生的複製人，有他一個就夠了。

另一邊，費里克斯覺得把菲爾逗得差不多了，再逗下去只怕對方眞的會生氣，便認眞地解釋起來：「還記得之前你問我爲什麼會知道你的存在時，我說是我『看見』的嗎？那是我的異能，這一切可說全都是因爲我的能力而起。」

菲爾聞言，立即被勾起興趣。

直至費里克斯死亡，官方也從未公布他的異能種類。沒有人知道這位統領初代異能特警的大人物，到底擁有什麼異能。

無論外界對此有著怎樣的猜測，無不一致認同費里克斯的實力必定非常強悍。這才能夠在那個風雨飄搖的年代中，讓一眾有著共同理想、想要追求和平的普通人與異能者心悅誠服。

當年身爲唯一的格雷森，肯恩是普通人中最有號召力、願意勇敢站出來呼籲異能者理應同樣擁有人權的人。而費里克斯則是第一個站在肯恩身旁，用行動表達出異能者的力量除了破壞，同樣能夠用來守護普通人的異能者。

費里克斯沒有賣關子，他把自己的異能能力全盤托出：「我擁有預知未來的能力。」

在菲爾驚訝的注視中，費里克斯詳細解說他的能力：「只是這異能有很多限制，比如只能夢到未來一年內的情況，預知到的未來只能以夢境形式出現，而且能夢到什麼也不受我的控制……有時候睡醒便把夢境內容忘記了，又或者那天根本沒有作夢，也有可能相同的夢境連續夢到好幾次……」

隨著費里克斯的說明，菲爾知道他的異能有著很多不確定性。聽起來很不方便的能力，但……那可是預知未來耶！

如果預知到的未來是準確的，即使只能偶爾夢到也已經非常厲害。

雖然不是戰鬥類型的異能，可費里克斯的能力只要運用得好，絕對比千軍萬馬更有價值！

簡單了解過對方的能力後，菲爾詢問：「你預知到的未來可以改變嗎？還是是既定的命運？」

費里克斯想不到菲爾這麼敏銳，給了對方一個讚賞的眼神後，毫無保留地回答：「可以改變的。比如我預知到走某條路會出車禍，那我不走那條路便能夠避開。」

菲爾聞言忍不住露出仰望的眼神，能夠預知未來已經很厲害，他預知到的未來還是能夠改變的！

也就是說，費里克斯能夠扭轉所有他不喜歡的未來，而且是在其他人沒有察覺到的情況下！

費里克斯笑道：「其實這能力沒你想像中那麼強大，像剛才的例子，爲了避開車禍的發生我選擇不走那條路，然而我只能夢見發生車禍，卻不知道確實發生在什麼時候……總而言之，改變未來不是一件容易的事情。」

菲爾點了點頭。費里克斯的能力的確有著很多限制與不確定性，可如果有機會避開不好的未來，即使再辛苦也是值得的吧？

看出菲爾的羨慕，費里克斯把玩著手中的兔耳朵，打趣地說道：「我之所以佩戴獸耳，也是預知能力的應用喔！」

「咦……」菲爾很驚訝，差點脫口而出問「這不是情趣嗎」，幸好最後忍住了。

費里克斯道：「我在數月前夢見與你在三樓交談的情景，只是我不知道確切在什麼時候發生，只記得當時我戴著一對熊耳朵。」

說罷，費里克斯露出燦爛的笑容：「所以我讓肯恩隔一段時間買給我不同的獸耳，是想分辨你到底會在哪一天潛入三樓……這都是爲了不錯過我們的相遇喔！」

費里克斯的眼眸就像上好的寶石，菲爾在這雙美麗眼睛的凝望與曖昧語氣的雙重攻勢下，臉頰猛地爆紅，接著迅速蔓延至脖子都紅了，整個人就像被燙熟了一樣。

費里克斯只覺歎爲觀止，他托著臉頰感嘆：「想不到花花公子的肯恩，會有一個這麼純情的兒子啊……」

過了好一會，臉頰依然紅紅的菲爾終於鼓起勇氣，向費里克斯說道：「謝謝。」

感謝你爲了與我見面，費了這麼大的心思。

「我……」只說了幾個字，菲爾又不行了，只得害羞地移開視線：「我也很高興能夠與你相遇。」

費里克斯瞪大雙目，發出了意義不明的驚歎聲：「哇哦～」

原來菲爾是個直球選手嗎？

這也可愛得太犯規了吧!?

已經害羞得滿臉通紅了，可神情卻依然酷酷的，這就是傳說中的反差萌嗎？

看著明明很不擅長與人相處，但仍努力又認真地說出感謝話語的菲爾……費里克斯突然有點羨慕肯恩了。

孩子是這麼可愛的生物嗎？

我也好想養一個！

一開始，費里克斯對菲爾只有好奇與愛屋及烏的好感。

可相處過後，費里克斯眞的喜歡菲爾這個人了。

菲爾不知道費里克斯在心裡被他萌得嗷嗷叫，還以爲對方那聲「哇哦」是在逗弄他，頓時惱羞成怒地瞪了對方一眼。

卻不知道他濕漉漉的眼神根本沒有絲毫威懾力，只會讓人更想欺負而已。

費里克斯假咳一聲，壓下心裡蠢蠢欲動想要逗弄菲爾的念頭，把話題帶回了正軌。

畢竟他總不能讓菲爾一直誤會自己的老爸是個犯人，這樣肯恩未免也太冤了。

於是費里克斯繼續解釋：「我之所以會在這裡，是因爲我利用我的異能做了很不好的事情，害死了很多人。原本我是想在消滅蟲族後自首的，然而我所在的和平派被視爲普通人與異能者之間和平的象徵，那時候兩邊的關係才剛緩和，如果讓人們知道我做了什麼，那普通人與異能者的和平只怕會再次分崩離析。」

菲爾與維德被費里克斯的話震驚了。

利用自己的能力害死了很多人？

他到底做了什麼？

見費里克斯沒有詳細說明的意思，猶豫片刻，菲爾沒有詢問他當年到底做了什麼錯事，而是問：「你爲什麼要那樣做？是有什麼原因對吧？」

菲爾與費里克斯認識的時間尚短，不清楚他是怎樣的人。可如果費里克斯眞的是十惡不赦的人，肯恩絕不會對他這麼好。

可以說，費里克斯除了沒有自由外，他的生活與普通人並無兩樣。甚至三樓的保全設計根本不像用來關罪犯的，相較於困住費里克斯不讓他外出，那些監控設施彷彿只是不想讓外人闖進來，以免發現到對方的存在。

若費里克斯眞的是個窮凶極惡的壞人，肯恩現在的做法簡直就是置自己與家人的安全於不顧了。他再念舊情，也絕不會這樣安排。

面對菲爾探究的目光，費里克斯嘆了口氣，道：「因爲我不那樣做的話，死的人只會更多。爲了救多數的人，我只能犧牲少數人的性命。」

06

不速之客

就像費里克斯之前所說般，改變未來從來不是一件容易的事，有時候爲了達成想要的未來，他必須做出取捨。

而他，選擇了保全更多的人命。

菲爾眞的很好奇費里克斯當年做了什麼，只是看到對方面色死灰的模樣，便沒有把疑問問出口。

過去的已經過去了，那不是他可以插手的事，做出選擇的費里克斯一輩子都受到良心譴責，他在社會上已經是個死去的人，自我囚禁在格雷森大宅不見天日，這樣跟判了自己終生監禁又有什麼分別呢？

至於費里克斯爲什麼約菲爾過來，其實也沒有什麼太過特殊的原因。

費里克斯在預知夢中知道肯恩的兒子會在某天潛入三樓，得知菲爾會在發現他的存在後對肯恩心生懷疑。費里克斯不希望肯恩蒙上不白之冤，加上他也很想見見菲爾，於是便有了這晚的約會。

對費里克斯來說，雖然他因爲身分特殊而無法接受法律制裁，但他不能眞的裝作什麼也沒有發生。自我囚禁在格雷森大宅中，是他給那些死去亡魂的一個交代。

即使肯恩爲他在三樓設置了不少娛樂設施，可費里克斯卻一次也沒有使用。他就像個眞正活在牢獄中的囚犯，並努力記下每天的夢境，希望從中獲得有用的訊息告訴肯恩，繼續爲世界和平盡一份力。

這次與菲爾見面，可說是打破了他一直以來的堅持。可畢竟菲爾是肯恩唯一的血脈，對方都闖進來了，費里克斯還是決定會會他。

澄清了菲爾對肯恩的誤會後，費里克斯便要他別再來三樓。

菲爾想到那塊被亨伯特藏起來的神祕亮片，要是眞的找不到線索，也許就得求助對方。因此他沒有做出任何承諾，只禮貌地告辭了。

騎著飛天掃把從三樓窗戶離開，菲爾駕輕就熟地回到房間後，這才呼喚久未出聲的維德：「維德？」

維德已沉默了好一會，這讓菲爾有點擔心。

很快地，維德的嗓音從耳機中傳來：「我沒事……只是心情有點複雜吧！」

菲爾了然，他不知道該怎樣安慰對方，最終只硬邦邦地「嗯」了一聲。

即使是與費里克斯毫無交集的菲爾，看到他自我囚禁的結局後也有些唏噓。維德曾是異能特警，對此感受一定更深。

不希望維德繼續想這些不開心的事，菲爾笨拙地岔開話題：「那兩隻小動物還好嗎？」

他可沒有忘記，安全屋還關著兩位不請自來的可疑客人——一隻負鼠與一隻小柯基。

雖然離開前已把牠們安置妥當，但實在很難預料小動物會在沒有人類看管的情況下做出什麼事。

「還真是出乎意料……」維德說到這裡時停頓了一下，菲爾快要急死了。

到底情況是出乎意料的好？還是出乎意料的壞？

說話不能這樣停頓的！

幸好維德不像費里克斯那樣會故意逗他，立即續道：「牠們竟然從房間跑出來了！我回到安全屋時，便看到這兩個傢伙在客廳遊蕩，還以爲自己眼花了呢！眞是見鬼！牠們是成精了嗎？到底是怎樣開門的？」

菲爾聞言眨了眨眼睛，覺得動物會開門也不是太出奇的事。他曾看過一些主人在網路分享寵物開門的影片，很多時候動物比人類想像中更加聰明……

不！這不是重點！

那兩個傢伙都闖出客廳了！那安全屋還好嗎!?

想到會被動物大肆破壞的受災區域由房間擴大至整個安全屋，菲爾頓感一陣窒息。

幸好事情沒有他想像中的糟，甚至還有驚人的神展開，維德繼續感嘆：「牠們不僅把尿褲脫了，還懂得上廁所……用我們平常使用的坐式馬桶！你知道嗎？他們竟然還懂得沖水！我看到沖水按鈕的位置有牠們的腳印！」

即使心理素質很好，維德說到這裡也忍不住提高了聲音，菲爾可以想像對方到底有多震驚。

這個發展實在有些魔幻了，菲爾沉默良久，這才詢問：「可是柯基那麼小，腿又短，到底是怎麼爬上去的？」

「也許是負鼠揹牠上去？」維德猜測，他沒有親眼看到，只是從兩隻小動物留下的蛛絲馬跡中推測牠們會用馬桶而已。

「也許吧……」菲爾像是要說服自己別大驚小怪般說道：「我經常在網上看到寵物貓狗會自己上廁所的影片，或許是很常見的事情？」

維德卻不認同：「柯基就算了，可負鼠不是出了名的低智商嗎？」

二人再次沉默，都覺得事情向著詭異的方向展開。

他們卻不知道，更詭異的事此時正在關住兩隻動物的房間裡發生。

房間沒有特意做隔音，加上動物的聽覺比人類靈敏，這讓趴在門縫偷聽的負鼠與柯基，將維德的話一字不漏地聽在耳中。

負鼠生氣地用前肢抓了抓房門，尖長的嘴巴口吐人言：「誰說我低智商？你們全家都低智商！」

「不許你這麼說菲爾！」一旁的柯基生氣地踩了負鼠一腳。其實牠原本是想踹對方的，只是腿太短抬不高，最後只好改用踩的。

負鼠委屈地申辯：「他們又不是親生的兄弟……」

開房門與上廁所對牠們來說絕對是小菜一碟，維德不知道的是，牠們還趁著安全屋沒有人的時候偷偷上網，查出了維德正是格雷森家應已去世的二兒子。

雖然不知道爲什麼死掉的人會活生生出現在牠們眼前，可是牠們並不覺得太驚訝。聽說很多有錢的家族都藏污納垢，說不定這個維德是爭奪家產的失敗者，假死逃脫之類？

負鼠與柯基竊竊私語一會後繼續偷聽，卻聽到了不得了的事情。

竟然打算明天把我們送走？

「怎麼辦？」小女孩嗓音響起，清脆又帶點奶音，與牠小柯基的外貌倒是很匹配。

相較之下，青年的聲音從負鼠口中說出來，再搭配負鼠臉，總有種賤賤的感覺：「有什麼好擔心的，到時候我們就讓愚蠢的人類知道，到底誰才是低智商的生物！」

柯基用力點了點頭：「想擺脫我們？沒門！」

◇◇◇

神藥案的調查停滯不前，幕後黑手掃尾的速度很快，神藥彷彿隨著比利全家被殺、大宅被焚燬而消失。

無論這起案件能不能破，生活還是要繼續的。在封鎖了幾天後，首都學校終於重新開放，意味著菲爾他們要上學了。

發生了如此可怕的事、還有人命傷亡，學校非常重視孩子們的心理健康。特意高薪聘請了一名專家來爲相關學生進行心理輔導。

身爲曾直接面對比利攻擊的受害者，菲爾與安東尼自然逃不過下課後見心理醫生的命運。這讓滿心記掛剛到手的神祕亮片、打算放學後立即趕回家研究的菲爾，感到非常無奈。

難得獲得從未見過的奇異材料，菲爾的心早就全飛到神祕亮片上了。完成心理輔導後，歸心似箭的菲爾急匆匆地要趕回去。被分享了夜探比利家經歷的安東尼，對菲爾提及的亮片同樣感到好奇，也想快些回家借來觀賞一番。

可是上天彷彿故意不讓菲爾如意，他才剛踏入家門便被德莫特逮住。接著他終於想起，他答應了維德會主動找德莫特進行訓練。聽到菲爾的請求，德莫特答應了有空便會教他一些自保技巧，現在對方來兌現承諾了。

德莫特也不打算把菲爾訓練成高手，他教學的重點主要在提高菲爾遇上危險時的生存機會，例如如何迅速找到掩體，以及閃避攻擊等。

他已做好了過程不會順利的心理準備，菲爾畢竟是未接受過訓練的普通人。德莫特不會要求他的表現有多出色，只要能做到基本動作就好。

然而當他看到菲爾貧弱無力的體能與手腳不協調的狀況後，罕見地感到無從下手。

特別是看見只做了些熱身動作、跑了幾步，便已癱坐在地上不想動彈的菲爾時，德莫特都不知道該說什麼了。

這孩子的體力……是真的差啊……

旁觀的安東尼看不下去，上前拉起菲爾：「運動後不要立即坐下來呀！」雖然對安東尼來說，菲爾剛剛做的熱身動作眞稱不上「運動」二字。

菲爾靠著安東尼的支撐站起，他雙腿直打顫，喘得好像下一秒便要猝死。

如果是一般的教練，這時也許便會停止訓練，可惜德莫特卻不，他認爲菲爾還未被逼到極限，人只要被逼迫就能拚出潛能，爆發出從未有過的能力。

於是他隨手拿了幾張白紙，把紙揉成一團紙球後，開始往菲爾身上丟。

明明只是用白紙揉出來的紙團，也不知道德莫特是怎樣丟的，每一球都像小炮彈般，砸在菲爾身上很痛，偏偏又不會眞的傷到對方。

菲爾被砸得直抽氣，耳邊傳來德莫特指導的聲音：「別呆站著！只放重心在一隻腳上，隨時準備閃避！不要移開視線！再怕也要看清楚紙球的軌跡……」

下意識隨著德莫特的呼喊聲行動，菲爾竟眞的躲開了幾顆紙球。這讓他看到訓練結束的曙光，更加專心地聽從德莫特的指導。

能夠躲開的紙球變多了，雖然還是經常被砸得很痛，可菲爾卻意外獲得了成就感與樂趣。

可惜菲爾體能是眞的差，很快便體力見底，這次是眞的動不了。德莫特也沒有勉強他繼續，宣布今天的訓練到此爲止。

雖然身體很疲倦，可是菲爾的精神卻很興奮。他雙目亮晶晶地看向安東尼，道：「我剛剛躲開了好幾顆紙球呢！」

安東尼自然能夠看出剛剛德莫特擲紙球的動作看似凌厲，可速度不算快，放水都放成海了。不過他沒有說出任何打擊菲爾的話，而是笑著舉起了大拇指：「嗯，我都看見了，超厲害的！」

菲爾聞言雙眼變得更亮了，嘴角還小小地勾起一抹微笑。

原本菲爾打算訓練結束後就開始嘗試打造手鐲，然而此時他真的一點力氣都不剩了，只得打消這個念頭，休息一晚再說。

幸好德莫特是個大忙人，有空教他的時間不多。雖然菲爾覺得他的教學挺有趣的，不過他更想先把心心念念的手鐲完成啊！

而且……他還是討厭運動，討厭一輩子！

安東尼倒是如願地滿足了對神祕亮片的好奇心，待滿頭大汗的菲爾梳洗一番後，安東尼敲響了對方的房間，把東西借來把玩一番。

舉起亮片，讓它在燈光的折射下變幻著不同色彩，安東尼忍不住感嘆：「這東西太漂亮了！是水晶嗎？」

菲爾搖了搖頭，道：「不是金屬，也不是礦石。維德用儀器簡單測量過，這是一種未知的有機物。」

「所以這是像琥珀、斑彩那種寶石嗎？」安東尼把亮片交還給菲爾。

「也許吧……但以有機寶石來說，它的硬度未免太高了。」菲爾道。

安東尼好奇地追問：「有多高？」

菲爾回答：「硬度10。」

安東尼驚嘆：「跟鑽石一樣呢！」

菲爾點了點頭，把亮片與製作手鐲的材料放在一起。今天他是沒有力氣進行製作了，先把材料準備好就行！

安東尼見狀笑問：「你打算用來做什麼飾物？」

菲爾道：「手鐲。」

「咦？為什麼是手鐲？」安東尼感到有些意外，雖然菲爾身上經常戴著各種飾物，可手鐲算是比較少佩戴的一種。經安東尼的觀察，菲爾應該是不太喜歡手腕被手鐲拘束著的感覺。

安東尼還以為菲爾會做一些自己喜歡的飾物，私下戴著玩呢！

菲爾分類材料的動作略微停頓，隨即漫不經心地說道：「沒什麼特別原因……

想到就做了。」

他不打算將費里克斯的事情告訴安東尼，這涉及肯恩與對方的私事，在沒有當事人的同意下，他不會把三樓的事告知任何人。

維德是個意外，畢竟當時菲爾不知內情，這才讓維德使用魔法水晶旁觀了全程。

還有一點菲爾沒有說，便是當他將這枚亮片收進水晶空間後，一直盤踞在西區的異常能量減弱了不少。

菲爾終於能夠感應到他一直在尋找的、位處西區的靈脈了！

之所以不告訴安東尼，是因爲菲爾壓根沒打算將自己的傷勢告知對方，他不希望對方爲自己擔心。

「這樣啊……」安東尼雖然覺得菲爾好像在隱瞞什麼，但也識趣地沒有追問。

見識過被亨伯特費盡心思藏起來的亮片到底長什麼模樣後，安東尼便對它失去了興趣，投桃報李地與菲爾分享特警組那邊的情報：「曾經從比利手中購買神藥的受害者共有六人，都是學校的學生。他們相繼產生異變，最後不得已只能將變成怪物的人擊斃。現在只餘一名名叫特雷爾的倖存者，也許是吃藥時間尚短，至今未有出現異變的跡象。然而神藥有致癮性，一開始他出現了戒斷症狀，還有很強的攻擊性。」

說到這裡，安東尼嘆了口氣，續道：「特雷爾因喝下神藥而獲得異能，失控時攻擊力有些驚人。在制伏他的過程中，突然七孔流血暈倒，並昏迷至今。」

菲爾詢問：「他還在醫院？」

安東尼點了點頭，道：「其實安全起見，把特雷爾關起來是最好的，只是他的家長都強烈反對。特雷爾未成年，又需要醫療幫助，再加上他是被制伏的時候昏迷的。為免引來輿論抨擊，最後還是依照他親人的要求，讓他留在醫院接受治療。」

「那神藥的來源找到了嗎？」這是菲爾最關心的問題。

安東尼道：「暫時沒有，但已經有方向了，我們猜測比利是經由亨伯特的關係獲得神藥。即使不是亨伯特親自給他，也應該是由對方的關係網獲取。我們查到亨伯特有大筆不明資金收入，以及眾多不合理的支出，其中包括購買很多實驗器材與一片土地。」

聽到後半段話，菲爾霍地抬頭：「他在建設實驗室？」

安東尼頷首：「是的，我們順著這些線索找到一處隱藏起來的研究所。可惜當我們趕到時，已經人去樓空了。」

雖然世上研究所多得是，可非法研究所應該不常見。即使沒有證據證明亨伯特建立的研究所與維德一直在尋找的那間有關，可菲爾還是覺得應該跟維德說一聲。

此時，樓下傳來的驚呼聲引起菲爾與安東尼的注意。

「怎麼了？」安東尼奇怪地走出陽台，探頭往聲音來源看去。

菲爾也尾隨安東尼走出來，聽到樓下柏莎驚喜地呼叫：「你們快下來看！太可愛了！」

二人感到很奇怪，柏莎一直是個很有教養的淑女，到底是看到什麼才讓她高興得大呼小叫？

好奇心讓菲爾加快了腳步，上半身越過欄杆往下看去，結果看到柏莎雙手舉起的生物時，腳一滑，便要往下掉！

幸好安東尼就在他旁邊，連忙伸手抓住菲爾的衣服讓他穩住身體。菲爾嚇得心臟撲通撲通地跳，連忙退回到安全位置。

同樣嚇得心臟狂跳的人還有安東尼，他直至菲爾遠離欄杆後才敢放開抓住對方衣服的手，驚恐地詢問：「是因爲剛才的訓練讓雙腿沒有力氣嗎？要不要我扶你回房間休息一下？」

菲爾搖了搖頭，道：「沒事，我們下去看看吧！」

安東尼依舊感到很擔心，不過雖然菲爾看起來很急，但小跑起來的步伐很穩，不像身體不舒服，因此他便壓下心裡的擔憂，沒有再說要菲爾休息的話。

此時位於花園的柏莎並不知道上面差點發生命案，她的角度只能看到安東尼與菲爾探頭出來，接著二人一晃又縮了回去。

因此當菲爾與安東尼趕到花園時，柏莎依然掛著花朵般燦爛的笑容，高興地向他們展示剛發現的意外之喜：「這是我在花園撿到的！可愛吧？」

看到柏莎抱在懷裡的小奶狗，安東尼眼睛都亮了：「這是柯基嗎？好可愛！」

相較於被柯基迷得七葷八素的安東尼，菲爾則默默露出了死魚眼。

靠近細看後他更加確定了，這不是原本被他們關在安全屋的那隻柯基嗎!?

07

家庭聚會

雖然人類看狗難免不容易分辨，然而這種三色花紋分布的位置及少見的長尾巴，讓菲爾幾乎可以肯定眼前的小柯基便是闖入安全屋的那一隻。

最重要的證據是……

安東尼興奮地上前想要摸摸小狗時，發現柏莎腳邊還有一隻動物。那是隻灰白色的負鼠，安東尼剛剛的注意力都放在柯基上，加上負鼠被柏莎的長裙裙襬遮擋，讓他一開始沒有察覺到。

「這是……負鼠？」安東尼訝異地詢問：「哪來的？據我所知，這一區應該沒有野生的負鼠？」

菲爾小聲嘆了口氣，這就是他認爲眼前的柯基是昨天那隻的主要原因。畢竟狗與負鼠的組合非常罕見，就是不知道牠們爲什麼會跑到這裡來。

柏莎不曉得菲爾此刻複雜的心情，她彎腰摸了摸負鼠的頭，道：「牠跟柯基一起來的。我發現牠們的時候，牠還把柯基揹在背上呢！說不定是將奶狗當成自己的孩子照顧了。」

安東尼驚奇地抱起負鼠，然後以迅雷不及掩耳的速度將牠反轉過來：「咦！這負鼠是公的耶！公的也會揹孩子嗎？」

負鼠一開始還反應不過來，維持著翻肚姿勢愣了兩秒後，瞬間激烈掙扎。安東尼差點被牠咬到，只得將負鼠放回地上。

柏莎掩嘴一笑：「誰教你突然翻轉牠。動物都不喜歡肚子朝天，這樣會讓牠們沒有安全感。」

彷彿附和柏莎的話似地，負鼠威嚇地向安東尼露出尖牙。

安東尼倒完全不怕牠，異能特警的隊員沒一個是弱者，雖然他只是個後備成員，但也是有練過的。以安東尼經過訓練的反射神經，即使負鼠真的攻擊他，他也有信心能及時躲開。

柏莎也一樣，別看她柔柔弱弱的樣子，十隻負鼠也不是她的對手。

倒是菲爾要小心一點，可別被誤傷了……

想到這裡，安東尼才察覺到與自己一起過來的菲爾一直沒有說話，不禁奇怪地看過去，只見站在稍後位置的菲爾正拿著手機拍照。

這也可以理解，畢竟看到可愛動物想要拍照留念是人之常情，可菲爾的表情為什麼……那麼凝重？

察覺到安東尼的注視，菲爾正要說些什麼，手機便響了。

「抱歉，我去接個電話。」菲爾交代了聲，舉步往沒人的地方走去。

見菲爾要離開，負鼠立即想要尾隨，就連原本乖巧待在柏莎懷中的柯基也踢著小短腿想要跳到地上。

柏莎連忙把柯基抱緊，並溫柔地撫摸著牠，試圖讓牠安定下來。

至於安東尼則一手抓住負鼠的後頸把牠提起，剛剛這小傢伙才齜牙咧嘴的一副要咬人的模樣，安東尼可不敢讓牠接近菲爾。

菲爾小跑著來到僻靜的一角，這才按下接聽鍵，立即聽到維德的聲音響起：

「為什麼牠們會在你家？」

剛剛菲爾把負鼠與柯基的照片傳給維德，聽到對方這樣詢問，他更確定自己沒有認錯。

「我不知道……」菲爾對此也很迷惑：「你沒有送牠們到動物協會？」

維德覺得很冤，也被這兩隻陰魂不散的動物弄得有些心煩：「我送過去了，不然留著宰來吃嗎？」

菲爾嘆了口氣：「也許是追著我的氣味過來吧？」

聽到菲爾這麼說，維德頓時心理不平衡了：「我才是負責照顧牠們的人，要追蹤也是我的氣味比較熟悉啊！兩隻小沒良心的！」

菲爾聞言覺得好笑，心想維德明明煩牠們煩得不行，可兩隻動物沒有回去找他，他又覺得不高興了。

眞是有趣的勝負欲啊……

「那我告訴動物協會一聲，免得職員得知牠們走失後還在尋找。」維德道。

菲爾「嗯」了聲，隨即又想起這樣說話太過冷淡，補充道：「好的，牠們就交給我吧！先掛了，再見。」

以往缺乏與人接觸的經驗，加上從小沒有人教導菲爾該怎樣與人相處，因此菲爾一直以來都沒有察覺到自己與人溝通時有很大的問題。

可現在他顯然注意到了，並且努力改正自己的態度。雖然仍有些笨拙，可已經改進不少了。

維德回了聲「好，再見」，露出了老父親般的欣慰笑容。

就在維德打電話給動物機構交代情況時，菲爾回到了安東尼他們那邊。

一看到菲爾的身影，原本已安靜下來的兩隻動物再度變得激動。被抓住的負鼠一直發出怪叫聲，柯基則將尾巴搖得像螺旋槳似地，速度快得生出了殘影。

安東尼此時才注意到小狗的尾巴，驚奇地說道：「這隻柯基有尾巴耶！」

菲爾莫名其妙地回答：「柯基當然有尾巴。」

安東尼反駁：「不是啊？我看見的柯基都沒有尾巴的！」

「柯基不是天生沒有尾巴的。雖然也有些短尾的品種，可大部分都是從小被人切掉了尾巴。」柏莎解釋。

想不到竟然是這種原因，安東尼震驚地瞪大雙目：「可是狗的尾巴會動……我的意思是，那也是一個有血有肉的部位，切掉不會痛嗎？」

「當然也是會痛的，同樣會流血、也會有傷口。而且斷尾須在小狗出生幾天內進行，不會進行痲醉，眞的是非常殘忍的事情。」柏莎嘆了口氣，愛憐地摸了摸柯基的頭：「可有什麼辦法呢？很多人都覺得切掉尾巴的柯基比較可愛啊！」

一旁的菲爾補充：「很久以前柯基是工作犬，爲避免牠們在工作時因爲尾巴而洩露情緒，或者壓到尾巴受傷，所以才須切除。不過現在……大多只是因爲人們覺得可愛而已，斷尾後的柯基才能賣到好價錢。」

其實曾有段時間動保意識抬頭，很多人已經不把柯基斷尾處理，一些國家還將人工斷尾視爲是虐待動物的行爲，會觸犯法律。

然而「大災難」的降臨讓人類社會的制度分崩離析，那時候人命都不值錢了，更何況是其他生物？

到了現在，人類才勉強建立了新的秩序，很多事情都得重頭開始，也有很多東西依然顧不過來，像動物保護的法律便是其中之一。

安東尼沉默了，他覺得自己以後都無法直視網路上那些炫耀柯基屁股可愛的短片了。

雖然有些柯基天生短尾，但更多的……是受過傷害才有現在的「可愛」吧？不希望氣氛變得太沉重，安東尼打起精神想要說些打趣的話來轉移大家的注意力，沒想到才開口，便看到了驚人的一幕。

「你們快看！」安東尼立即忘記原本想說的話，激動地呼叫。

原來是被他抓住的負鼠，竟然也像狗一樣在搖尾巴！

安東尼被這一幕震驚到了，在負鼠的掙扎下，一時不慎鬆了手，負鼠立即逃脫他的掌控。

然而跳落到地上的負鼠卻沒有逃跑，而是邊搖尾邊跑向菲爾，接著非常人性化地以後肢站立，兩手扒住菲爾的小腿不放。

見牠對著菲爾瘋狂搖尾乞憐的模樣，簡直比狗還要狗。

「負鼠……開心的時候也會搖尾巴的嗎？」安東尼傻眼。

柏莎不確定地說道：「會的……吧？牠現在不正在搖尾巴了嗎？」

說罷，看到懷中小奶狗再次亂動亂吠、很想落地的模樣。柏莎想了想，也不再拘束著牠，將柯基放到地上。

然後大家便看到柯基歡快地跑向菲爾，隨即扒住他小腿的動物變成了兩隻。

菲爾：「……」

安東尼連忙拿出手機，道：「菲爾你別動，讓我先拍幾張照片！」

柏莎則一臉羨慕：「菲爾你的動物緣好好喔！」

菲爾垂首看著兩隻扒腿的小動物，覺得又好氣又好笑。

他其實沒有什麼與動物相處的經驗，因此也很意外自己竟然如此受到動物喜愛。不過被喜歡總是件讓人開心的事，菲爾彎腰摸了摸牠們，邊道：「牠們應該是有人飼養的，現在也許走失了，把牠們送去動物機構吧！」

菲爾也有些喜歡這兩隻動物，畢竟無論是柯基還是負鼠都挺可愛的。可他還是要想辦法將牠們歸還給主人，不能因爲自己喜歡便留下牠們，說不定牠們的主人正在焦急地尋找牠們。

柏莎也認同要幫牠們回到主人身邊，不過她有其他想法：「動物機構的環境通常不算太好，能夠遇上牠們也是緣分，要不我們先照顧著吧！」

動物機構畢竟資金有限，爲了盡量接收更多動物，往往只能提供最基本的照顧，這也是沒辦法的事情。

安東尼聞言雙目一亮，他本就很喜歡小動物，只是沒時間飼養，要是能短暫收養負鼠與柯基，那他也能一嘗當鏟屎官的樂趣了。

獲得肯恩的同意後，負鼠與柯基便暫時在格雷森家定居，大宅裡也開始了雞飛狗跳的日常。

這兩隻動物非常聰明，牠們沒有犯普通寵物會犯的錯，比如弄壞家具、隨地大小便等等。

反倒就是因爲太聰明，登堂入室後簡直如入無人之境。牠們對菲爾有著不同一般的熱情與執著，經常各種尾隨和跟蹤，甚至好幾次藏到菲爾的房間裡，還差點跟著菲爾到學校！

安東尼雖然很喜歡牠們，但特警組的工作似乎很忙，即使他只是個後備成員，但還是沒有多少時間照顧兩隻動物，只得無奈承認這個職業確實不適合養寵物。

德莫特因爲要訓練菲爾，所以出現的次數大大提升，連帶柏莎逗留在大宅的時間也變長了。她本就喜歡這兩隻動物，反而是大宅裡最常主動接觸牠們的人。

柏莎經常來格雷森大宅雖然存在私心，卻不是那種戀愛腦只單純追著男人跑的情況，而是因爲她同樣也是德莫特的學生。

每次菲爾訓練結束後，便是德莫特與一眾學生的切磋時間。

馮、蓋倫、安東尼與柏莎都是德莫特的學生，只是四人已找到了自己的武學方向，且全部都出師了，現在只有實戰才能夠提升他們的實力。

每次訓練後累癱在場外的菲爾，有幸全程目睹眾人彷彿有著不共之仇般的互毆，就連斯文溫柔的柏莎也不例外。

有時候甚至連他們柔弱的老父親肯恩也會下場，菲爾這才知道要是他不使用魔法，十個他也不是肯恩的對手。

想起肯恩說過爲免被綁架時毫無還手之力，因此才苦練武術，菲爾只能在心裡感嘆有錢人的生活眞是過得水深火熱啊……

從最開始的震驚，到現在已經對此完全麻木，天知道菲爾到底經歷了怎樣的心路歷程。

幸好德莫特看得出菲爾眞的不是練武的料子，對他的訓練非常寬鬆。如果德莫特眞的像訓練馮他們那樣訓練菲爾，只怕一拳下去，便要跪在地上求菲爾不要死了。

這天訓練過後，安東尼興致勃勃地詢問柏莎：「奧爾瑟亞的工作已經快要結束了吧？」

奧爾瑟亞這次被臨時調派來幫忙，擁有心靈能力的她，每天忙著與神藥案的關係者見面，試圖獲取有用情報。

可惜該見面的人都見過了，卻沒有提取到任何有用的資訊。奧爾瑟亞繼續留下來也沒什麼用處，應該很快便會回到自己的管轄區域。

柏莎點了點頭，道：「是的，怎麼了？」

安東尼似乎不是單純在關心奧爾瑟亞的工作狀況，他還不知道對方在忙什麼嗎？這樣問顯然是意有所指。

聽到柏莎的回答後，安東尼果然雙眼頓時亮起：「那我們來舉辦活動吧！難得德莫特也在，我們正好熱鬧些一起玩！」

肯恩答應過孩子們，即使再忙也會定期舉辦家庭活動，這個傳統一直持續至今。這次因為忙著處理神藥案的後續，他們已很久沒有聚在一起玩了，正好趁奧爾瑟亞與德莫特在，大家可以好好相聚一番。

聽到安東尼的提案，眾人想了想，都覺得這的確是個聚會的好時機。大家平時工作忙，這次神藥事件也暫時告一段落了，便欣然答應下來。

身爲大家長的肯恩，很有行動力地開始統籌：「你們想舉辦什麼活動，我讓阿當與伊莉莎白準備。」

熱愛打遊戲的蓋倫立即提議：「電動派對！」

一旁的馮則挑了挑眉，意有所指地詢問：「你確定？」

蓋倫這才想起柏莎也在，回憶起被乙女遊戲支配的那一天，他立即放棄了：「還是算了，換別的吧！」

雖然土味情話很有趣，但聽太多也是會膩的。

柏莎想了想，道：「要不……大家一起看電影？」

這提案被安東尼否決了：「難得大家都有空，只是看電影就太可惜了！」

隨後眾人又提出一些建議，可惜未能全數通過。

此時肯恩詢問菲爾：「菲爾，你有什麼想法嗎？」

菲爾很意外肯恩會問他，一般這種時候他都不出聲，反正舉辦什麼活動他都可以。

對近期才有機會與家人一起參與家庭聚會的菲爾來說，每一場活動他都非常珍惜，絕不會挑三揀四。

只要能被家人接納，不再像以前那般被單獨排除，他便感到很滿足了。

因此突然被肯恩詢問想法，菲爾一時之間還真的說不上來。

再想到剛才大家提出的意見都被否決了，菲爾沒有信心自己的想法能讓眾人滿意，於是說道：「你們決定就好，我都可以。」

然而肯恩卻沒有因此轉而詢問別人，而是溫和地對菲爾說：「可是我想聽聽你的想法，即使被否決也沒關係，我只是想多了解你。」

菲爾愣住了。

眾人沒有催促他，而是投以鼓勵的視線，耐心地等待著他的答案。

良久，菲爾這才小聲地、繃緊著臉說道：「嗯。」

眾人努力忍耐著，可是心裡都笑翻了！

這種「嗯，朕允許你想要了解我的想法」的高冷模樣是什麼鬼!?

明明最近已經能很好地改掉過於簡單的「嗯」的回話，結果一害羞便不小心故態復萌了嗎？

菲爾馬上察覺到自己的老毛病又犯了，他有點懊惱地皺起了眉，表情看起來更加冷酷無情不好惹。

見大家仍在靜候自己的答案，最終菲爾還是鼓起勇氣說出想法：「我覺得野餐不錯……大家可以多些時間交流，而且最近玫瑰園裡的花開得很漂亮……」

每次商議活動時，菲爾都默不作聲，因此眾人沒有預期他會說出多好的建議，誰知道聽起來好像不錯？

「現在正是適合野餐的天氣。」

「對喔！玫瑰園那裡有片大草地。」

「在玫瑰的香氣中野餐嗎？挺浪漫的。」

「提議不錯，大家可以悠閒地聊聊天。」

在一片附和聲中，這次的活動便這麼定了下來。

想不到自己的提議竟然被接納，菲爾眨了眨眼睛，覺得很不真實。

好事的蓋倫提議道：「只是野餐太單調了，我們玩些刺激的。」

安東尼立即好奇地追問：「什麼刺激的？」

蓋倫笑道：「當天的食物我們自己準備，每人負責一樣料理，然後投票選出誰做的食物最難吃，誰便要接受懲罰！」

聽起來好像挺好玩的，這個提議很快獲得全員通過，小輩們正在熱火朝天地討論要實行什麼大懲罰時，德莫特則與肯恩閒聊道：「叫麥爾肯過來一起聚聚吧！」

肯恩點了點頭，笑道：「也好，我們這些人好久沒這麼齊啦。」

奧爾瑟亞卻嘆息道：「也不算是人齊，費里克斯已經不在了……」

肯恩聞言，沉默著沒有說話。

一旁對大懲罰不感興趣的菲爾正好聽到他們的對話，然後被二人提及的人名驚到了。

不是因爲他們以爲已經死去的費里克斯，而是麥爾肯。

麥爾肯……這不正是現今總統的名字嗎!?

想不到肯恩與麥爾肯的關係竟然這麼好，好到會邀請對方來參加家族聚會。

不過想到自家老爸還是上一任總統呢！菲爾又覺得自己不用太大驚小怪。

何況要不是肯恩主動退位，現在當總統的還不知道是誰，菲爾又覺得麥爾肯要來自己家裡聚會，好像也不是太過驚人的事情？

既然是肯恩選擇的繼任者，那麥爾肯應該也是個可靠的人。到時候……就當作普通長輩看待吧！

現在菲爾比較擔心的卻是野餐那天他到底要準備什麼食物啊？

他完全不懂得煮食耶！

08

野餐進行中

不只菲爾，整個格雷森家族裡就沒一個會煮的。

也難怪蓋倫會說要玩些「刺激的」了。

能不刺激嗎？沒一個人擅長烹飪，可當天他們要吃自己做的食物啊！

而且還限制不能使用即食食品，過程中不能讓別人幫忙，也不能找機器人幫忙，將可以作弊的方式都堵死了。

不過菲爾暫時顧不上擔心當天會吃到什麼怪東西，他正苦惱著自己該做什麼食物，就連維德幫他在西區挖了很多靈礦，也沒有令他變得開心起來。

對此維德表示愛莫能助，畢竟他也不懂煮食，不然在安全屋的日子就不用每天買外食了。

菲爾苦惱的樣子實在太明顯，於是有天肯恩敲響了菲爾房間的門，想要關心一下兒子的煩惱。

這個年紀的孩子……會是單戀失敗嗎？

還是在苦惱學習？

該不會在學校被其他同學欺負了吧!?

結果心裡想著各種不好猜測的肯恩，從菲爾那裡聽到一個令他哭笑不得的答案：「我不知道該做什麼食物帶去野餐，我根本不懂烹飪。」

肯恩：「……」

想不到菲爾會爲了一個家庭聚會的小遊戲而認眞苦惱成這模樣，這孩子眞是太老實了。

身爲一個養育了多個孩子的出色父親，肯恩露出胸有成竹的微笑，耐心指導他：「大家都不懂，可你知道爲什麼我們都不緊張嗎？」

菲爾連忙詢問：「爲什麼？」

肯恩笑道：「因爲這只是個遊戲，玩得開心就好。而且以我對他們的了解，說不定有人會故意把食物弄得很難吃來坑大家。」

菲爾震驚了，要知道被選出來做得最難吃的那個人要接受懲罰啊！爲什麼要這樣做？

彷彿看出菲爾的想法，肯恩摸了摸下巴，道：「就像東方有句諺語，『己所不容，盡施於人』？」

菲爾好像聽過這話，但這句話眞的是這樣嗎？怎麼他聽的版本好像應該或許有些不同？

雖然肯恩的說法有些離譜，但菲爾很好地被安撫到了。

他不是怕被懲罰，而是怕因爲自己的失敗，破壞這場美好的聚會。

可現在既然大家都不在乎輸贏，那菲爾的壓力便不那麼大了。

見菲爾肉眼可見地放鬆下來，肯恩微微一笑，又道：「不懂煮食沒關係，你可以找些偷懶的方法。比如不能直接使用即食食品，但規則沒有說不可以用加工它們的方法去製成簡單的料理。」

菲爾的雙目頓時亮了，然後他聽到肯恩詢問：「我正好知道一些適合的簡易食譜，要分享給你嗎？」

肯恩的身影在菲爾眼中從未如現在般高大偉岸。

用力點了點頭，菲爾總是冷冰冰的語氣難得帶上明顯的歡快：「好！」

有了肯恩的食譜援助，野餐當天菲爾一早便成功完成了一道簡單料理——鳳梨小香腸。

顧名思義，就是用竹籤把鳳梨與小香腸串起來的料理，可說是零難度，非常適合新手。

小香腸是即食食品，鳳梨的話……原本菲爾想使用新鮮鳳梨，但看著滿滿都是刺的鳳梨，他根本無從下手，完全不知道該怎樣破開它。

所以最後還是使用了鳳梨罐頭。

將鳳梨切成小片，用竹籤把它與小香腸串在一起，鳳梨小香腸這道簡單得不行的料理便完成了！

菲爾認認真真地擺盤，將每串鳳梨小香腸都排列得整整齊齊，還加了點小番茄放在旁邊裝飾，看起來挺漂亮的。

烹飪技術不行的話，只能用誠意來救場了。

一開始菲爾還有點不安，不知道大家能不能接受這種作弊般的做法，然而看到其他人的料理後，菲爾便安心了。

不能說一模一樣，只能說各有各的精彩！

以格雷森家族成員爲例，作爲這次的作弊導師肯恩，他同樣選擇用即食食品進行加工——冷凍魚柳與白醬料理塊美味結合後，一盤色香味俱全的白醬焗魚柳便完成了！

如果不是擔心被批評太過隨便，肯恩甚至想買現成的袋裝白醬，這麼一來連開火都可以省略。

馮算是最認眞的一個，他弄了一盤紫菜飯捲出來。其實他原本是想做壽司的，可惜一開始壓飯的步驟便已失敗，最後只能放棄，改爲製作更加容易的飯捲。

蓋倫的料理則最奇怪，是一盤傳來燒焦味、紅紅黃黃的怪異物體。絞碎內臟般的紅色物質佔百分之九十，當中混合了少量黑黃色不明點狀物。味道不知如何，但外形絕對讓人敬而遠之。

偏偏製作者卻對這盤料理信心滿滿，好奇詢問之下，菲爾才知道這是番茄炒蛋。蓋倫說他在網上搜過資料，聽說番茄炒蛋是新手必學的零失敗料理，所以這次的比賽他贏定了。

至於明明是番茄炒蛋，爲什麼蛋的比例那麼少？據說是打蛋時落到碗裡的蛋殼有點多，倒掉後蛋液便沒剩下多少了。

不過菲爾覺得最大的問題不是番茄炒蛋幾乎沒有蛋，而是它明顯炒焦了。那簡直像瀕危動物般稀少珍貴的蛋花上，泛著的黑色與焦味就是證明！

幸好蓋倫的料理已經是看起來最糟糕的那個，視線來到了安東尼的菜色時，一切又變得正常起來。

安東尼做的是熱壓吐司，用熱壓吐司機把吐司、起司與火腿壓在一起，足夠簡單也足夠「安全」。

總而言之，菲爾的料理在這堆牛鬼蛇神中不算最出色，但也不是最糟糕，至少是能夠放入口的程度。

這也給了菲爾自信，越看越是覺得自己做的料理不錯。這算是他人生第一次下廚呢，於是菲爾高高興興地替這盤鳳梨小香腸拍了張照。

菲爾的分享欲一向不高，因此他是現今少有的、沒有在網路上分享生活的年輕人。現在他卻突然很想把這張照片給別人看看，可是他沒有社交帳號，認識的人大部分都在現場了。

他想過將照片傳給布里安，不過以弟弟的性格，大概會覺得是很無聊的事吧？而且布里安是很傳統的法師，不喜歡使用手機，菲爾不想惹他不高興……已經從通訊錄中滑出了布里安的名字，只要按一下便能夠將照片傳給他，但菲爾最後還是放棄了，改為將照片傳給維德。

很快地，維德便回了一句：「肯恩教你的吧」

維德沒有打標點符號，菲爾一時之間不確定他是不是在詢問自己。想了想，菲爾回覆：「是肯恩教的沒錯，你怎麼知道？」

這句疑問傳出去後如同石沉大海，維德沒有再回答他了。此時有客人來訪，菲爾便將手機放下，不久也忘了此事。

他卻不知道，傳出去的這張簡簡單單的料理照片，在維德心裡掀起不少波瀾。

肯恩是個稱職的父親，即使再忙，也會盡量抽時間出席親子活動，不會假手他人。

小學時，每年都會舉辦一次旅行，在學校的安排下，家長與孩子一起到郊外進行烤肉或野餐等活動。

只要是須要準備食物的活動，肯恩便會與維德一起親手做盤鳳梨小香腸來交差。多做幾次後，小維德還會把小香腸切成了八爪魚的形狀，比菲爾這盤做得漂亮多了。

看到菲爾傳來的照片，維德立即想到這是肯恩教他做的，而事實也的確如此。

過往那些珍貴又溫暖的記憶，現在像針般刺得維德的心臟隱隱作痛。

即使是兒子，也不是無可替代的。

我不在也沒關係，他還是能教其他兒子製作這道料理……

看到對此一無所知的菲爾回了詢問的句子，維德卻沒有再回覆他了。他現在有些難過與不爽，爲了避免不小心遷怒對方，只默默將手機的螢幕按掉。

除了格雷森家族的眾人，德莫特等人也從善如流地參與了活動。德莫特、奧爾瑟亞與柏莎跟大家一樣，都選擇能簡單製作的料理。

確認過眼神，都是不擅長烹飪的人。

值得一提的是，菲爾竟然還在這次野餐活動中，看到了意想不到的熟人。

「奧利弗!?」

菲爾震驚地看著他的同班同學奧利弗，與總統麥爾肯及總統夫人伊瑪拉一起出現，而且還乖巧地拿著野餐籃，顯然是參加野餐活動的一員。

聽到菲爾的驚呼後，奧利弗還神態自若地向他揮了揮手。

總統夫婦與前來歡迎的肯恩閒聊了起來，奧利弗在他們身邊作陪，菲爾一時之間不好上去詢問，只得拉住一旁的安東尼：「爲什麼奧利弗也來了？」

「既然邀請了總統一家，奧利弗當然是跟著一起來啊！」安東尼理所當然地說罷，這才反應過來地詢問：「菲爾你……該不會忘了奧利弗是總統的兒子吧？」

「對喔！」菲爾這才恍然大悟，對方介紹奧利弗時只說他是高官的兒子，這個第一印象讓菲爾總是難以把奧利弗與「總統兒子」的身分連結起來。

雖然歡迎宴會時肯恩有爲菲爾引見麥爾肯父子，可那時與宴會主角菲爾打招呼的人實在太多了，很多時候他甚至分不清楚誰是誰。事後又接二連三發生了比利變成怪物殺人、發現家裡三樓藏了個陌生美人、安東尼揭發他法師身分等大事，菲爾便很順理成章地遺忘了奧利弗的身分。

他知道麥爾肯是總統，也知道肯恩邀請了總統一家來野餐，但菲爾還眞的完全沒有想起麥爾肯的兒子就是奧利弗。

想到自己看見奧利弗時一臉驚訝的蠢樣，菲爾恨不得找個洞鑽進去，幸好安東尼沒有嘲笑他。奧利弗也許察覺到異樣，但情商很高地沒有詢問。菲爾逕自尷尬了一會，便也釋懷了。

因爲遊戲規則，食物須得參與者親自製作，可野餐墊等裝備早已由傭人準備好了。

眾人在客廳會合後，皆很有儀式感地各拿一個裝著自製食物的野餐籃，浩浩蕩蕩上了汽車便往玫瑰園出發。

除了大宅範圍，外邊大片土地同樣屬於格雷森家族。一些地方距離大宅挺遠的，因此設有代步用的小型電動車，又或者乾脆像現在這樣以汽車代步。

到達玫瑰園後，眾人都爲眼前的美景驚歎不已。

果然如菲爾所說，現在正是賞花的好時機。由園丁悉心照料的玫瑰就像婉約又明麗的少女般，展露著她們最美的風采。

玫瑰園的建築設計花費不少心思，除了灌木玫瑰外，還設置了不少拱形門供藤本玫瑰攀爬。再搭配恰到好處的大理石雕塑，讓整座園區充滿了歐陸風情。

眾所周知，藤本玫瑰一般不像灌木玫瑰那麼勤花。相較於每月都會有花朵盛放的灌木玫瑰，很多品種的藤本玫瑰每年只能開一季至兩季。

現在正好是所有花朵怒放的季節，錯過的話，便要等一年才能再看到這幅美景了。

眾人都為群花盛放的景色讚歎不斷，只能說佔地面積這麼大、布置如此精巧的玫瑰園不是輕易能夠看見的，光是維護便是一筆不菲的金額。更何況有些花種是在外面看不到、由肯恩高薪聘請的育種家親自培植出來的珍貴品種。

在醉人的玫瑰香氣下，眾人從野餐籃中拿出自製的食物，菲爾也終於能看到總統一家帶來的是什麼食物了。

這家人竟然烤了一個法式鹹派，在一眾簡易食物中，簡直就是鶴立雞群般的存在。

最讓菲爾跌破眼鏡的是，這個鹹派是總統麥爾肯所製！

麥爾肯竟然是在家裡……不！是在場所有人中唯一懂得煮食的人，而且他製作的法式鹹派還超級好吃，獲得一致好評。

後來奧利弗告訴菲爾，他的母親伊瑪拉曾是異能特警的一員，與肯恩他們是舊識了，只是在與麥爾肯結婚後，便退役下來當個相夫教子的全職主婦。

明明是家庭主婦，可伊瑪拉卻不擅長煮食，然而作爲前特警的她刀工卻很厲害。反倒是麥爾肯把烹飪視爲興趣，而且製作出來的菜餚都非常美味。

因此奧利弗從小便能看到父親在煮食時，母親會在一旁替他打下手，這副恩愛的模樣大約在其他權貴之家算是難得一見的了。

奧利弗所描繪的，簡直是菲爾小時候夢想著的家庭影像。原本他對麥爾肯這位沒有架子的總統便很有好感，現在再加上愛護妻兒的光環，菲爾更加覺得對方眞不錯，也難怪肯恩當年會將總統之位交託給他了。

難得的好天氣，菲爾他們還把負鼠與柯基都帶來了，讓兩隻小動物在玫瑰園探索一番，也可以自由地在草地奔跑玩耍。

從決定暫養這兩隻動物起，格雷森家也擔負起照顧牠們、並爲牠們尋找主人的責任。

前者當然沒有問題，牠們在大宅的生活愜意得不得了。傭人們也很喜歡這兩隻可愛的小動物，牠們在這裡的生活如魚得水，還肉眼可見地胖了。

可後者至今仍未有頭緒，無論是負鼠還是柯基都沒有晶片，動物機構亦沒有相關的走失記錄。

反倒是網路上關於尋找主人的詢問獲得了一些回應，然而經查核後，發現那些人都不是兩隻動物的主人。

雖說有可能是誤會，那些人是真的認錯了寵物，可不排除某些傢伙看到資料後想要混水摸魚，想無償獲得兩隻可愛的寵物。甚至還有人衝著格雷森家族的名號而來，想藉此與他們攀關係。

幸好負責跟進此事的阿當非常盡責，對每個自稱主人的傢伙都仔細調查了一番，沒有隨便就將負鼠與柯基交出去。

這麼久仍找不到牠們的主人，肯恩等人都有些發愁，心裡忍不住生起了不好的猜想——牠們該不會被人棄養了吧？

雖然一開始沒打算收養牠們，但相見便是緣分，幾人也捨不得將兩隻動物送到動物機構。何況養了幾天的確生出了感情，負鼠與柯基確實挺可愛的，特別是安東尼與柏莎很喜歡牠們。

經過商議，肯恩決定如果兩隻動物眞的沒有人認領，那便收養牠們吧！反正大宅不缺地方，他們沒空的時候也能交付給傭人照顧。

這可把喜歡動物的安東尼與柏莎樂壞了，自從負鼠與柯基來到格雷森大宅後，柏莎一有空便會找牠們玩。

如果不是奧爾瑟亞的眼睛不方便，加上她們沒時間照顧，柏莎都想把牠們帶回家裡養了。

雖然柏莎與安東尼是最常照顧兩隻動物的人，可偏偏牠們最喜歡的依然是菲爾。自從牠們來到大宅後，菲爾身後便多了兩隻亦步亦趨跟著他的跟屁蟲。

像這次野餐，負鼠與柯基雖然對其他人也非常友好，但遠沒有面對菲爾時的熱情與歡喜。

安東尼特意帶了飛盤出來，想教小柯基玩接飛盤。然而原本很聰明的小狗，到了這時候突然變蠢了，無論安東尼把飛盤拋出去多少次，柯基都是理也不理。最後安東尼只得灰溜溜地自己將飛盤撿回去，好像他才是被訓練的那條狗。

旁觀的眾人：「……」

總覺得那隻柯基不是不懂，而是故意的。

後來安東尼見小狗怎樣都學不會，便異想天開地想訓練負鼠。最後的結果是飛盤慘成負鼠磨牙的道具，被咬出不少坑坑洞洞。這個新買的飛盤，在短短半小時內宣告陣亡了。

愉快的野餐隨著夕陽西下即將結束，活動也該進行最後環節——爲這次的食物評分。

經過點票後，麥爾肯的鹹派毫不意外地獲得了美味第一名。

而將要接受大懲罰的失敗者，正是之前自信滿滿堅信番茄炒蛋絕對會取勝的蓋倫。

蓋倫還未從失敗的衝擊中恢復過來，馮已把一片五顏六色的麵包放到他面前。看著眼前顏色詭異的麵包，蓋倫嘴角一抽，問：「我只吃一口可以嗎？」

「不行。」馮殘忍地微笑拒絕：「這個懲罰可是你自己提出來的。而且當初安東尼不是提醒過你了嗎？你還記得那時候自己說了什麼？」

蓋倫不禁回憶起不久前的場景——

大家在大宅集合、商議輸掉的人要接受什麼懲罰時，是他提議每人往麵包上撒醬料，誰輸了便將麵包吃掉。

一開始的幾人下手都留有餘地，醬料也挑番茄醬這種容易入口的，然而輪到蓋倫時，他直接倒了差不多半瓶芥末上去。

安東尼見狀，忍不住詢問：「蓋倫，你有沒有想過……這片麵包也有可能會是你自己吃下去的？」

他也是好心提醒，雖然那時候大家的食物依然放在籃子裡，可安東尼在家裡是見識過蓋倫的傑作的，光看外表便是所有餐點中最不討喜的一個。

即使還不曉得實際味道如何，可食物都焦了，絕對好吃不好哪裡去。

安東尼只怕蓋倫放飛後，迴力鏢最後飛回自己身上。

誰知蓋倫卻擺了擺手表示：「大家都畏首畏尾的哪裡好玩？即使輸掉的人是我，我也絕對會將麵包全部吃掉的！」

有了蓋倫的豪言壯語，馮便在包羅萬有的冰箱中找出了一瓶清麴醬，才剛打開瓶蓋，一陣難以言喻的臭味便飄散出來。

馮邊把清麴醬倒在麵包上，邊意有所指地笑道：「是你說要放開手腳玩的，既然如此，到時候記得願賭服輸啊！」

回憶結束，蓋倫：「……」

有了他與馮帶頭，其他人紛紛仿效，最後才形成這片猶如生化武器般的恐怖麵包。

馮這傢伙……該不會故意在等著我吧？

蓋倫抹了一把臉，想起事情都是自己在帶頭起哄，要是眞的臨陣退縮實在丟人，最後只得扭曲著臉將麵包吃下去。

然後吃著吃著，他竟然吃哭了！

是眞的有眼淚流出來的那種，哭得可傷心了呢！

菲爾既同情，又有些好笑。

不過這麵包看起來眞的很噁心，在大家齊心協力下，它已經完全看不出原本的顏色。甚至因爲麵包被醬料浸透了，質地還變得非常奇怪，菲爾能夠想像吃進口裡那種黏稠的感覺。

這令菲爾回想起一生吃過的最難吃的東西，大概是布里安煉製的魔藥吧？只是魔藥至少是液體，兩眼一閉灌入口就好。然而這麼大片的麵包須要咀嚼……

菲爾打了個冷顫，真的太可怕了！

最後蓋倫還是邊哭邊把麵包整片吃光，眾人都敬他是條漢子。就連馮也是既同情又敬佩，難得沒有嘲笑他。

這次的野餐活動，就在眾人的歡笑聲與蓋倫的眼淚中結束了。

09

醫院變故

野餐那天後，菲爾再度投入忙碌的校園生活。

雖然不久前才有學生因爲神藥案而在校內死去，可人們都是健忘的，重返校園的學生們畢竟沒有受到實質傷害，所受到的驚嚇也在時間的流逝下變得淡薄。同學們的心情由一開始的惶恐，變成可以拿這件事當聚會時茶餘飯後的話題。而菲爾與安東尼也終於擺脫每天放學後的心理輔導，回歸到普通的日常。

一切好像已經恢復平靜，然而菲爾卻知道這是因爲那些咬人的毒蛇再次躲進黑暗裡了，和平只是假象，現在不過是暴風雨前的寧靜。

無論是神藥的製作者，還是殺死亨伯特夫婦的凶手，至今依然逍遙法外。唯一能作爲突破口的，也許只有那個仍在昏迷中的學生特雷爾。

可惜對方都自身難保了，神藥中的不明成分一直在吞噬他的細胞，試圖將這位受害者變成人類以外的某個物種。

雖然醫生已努力搶救，甚至在獲得受害者親人的同意下，使用了未經核可的實驗藥物，然而卻只能暫緩細胞被侵蝕的時間，也無法喚醒特雷爾，他至今依然陷入沉睡中。

根據一直監視醫院狀況的維德透露，政府很重視這次的案件。應該說，是非常重視那種可以讓普通人獲得異能、並且會變成怪物的「神藥」。

因此上層派來了專屬的醫療團隊跟進特雷爾的情況，拯救他的藥物也已加緊研發。

這些自有官方來處理，不打算插手的菲爾便沒有繼續關注。現在他全副心神都放在研究神祕亮片，以及製作手鐲上。

自從察覺到亮片能影響西區的異常能量場後，菲爾對它的興趣更深了。

隨著與亮片接觸變多，菲爾原本壓抑得好好的傷勢竟有發作徵兆。一開始，維德還以爲亮片會散發輻射之類的傷害，然而用機器檢測過，發現它沒有釋放任何有害物質。

反而是菲爾用魔法手段檢驗後，發現竟是來自魔法能量的傷害。

經過研究，神祕亮片擁有的能量與西區某東西進行共鳴。因此菲爾把它收進水晶空間時，便會影響到一直盤踞在西區的能量場，而當菲爾與這種能量接觸變多時，也會受到能量的傷害。

得益於能量場的減弱，菲爾成功找到靈脈的位置。現在的菲爾不缺靈石，短期內要控制傷勢應該沒有太大問題。

現在可以肯定的是，神祕亮片、費里克斯的手鐲，與西區不明能量，皆爲同源。而西區是能量最爲強大的地方，那裡很有可能藏著亮片與手鐲的能量本源。以植物來比喻，它便是栽種在西區，而亮片與手鐲只是從植物身上摘下來的葉子。

菲爾把這個想法告訴維德，畢竟那塊亮片是亨伯特夫婦故意藏起來的，値得關注一下。

回憶起來到首都後接二連三發生的事件，菲爾不由自主地嘆了口氣。他的思維素來直來直往，不擅長陰謀詭計。自從他在祕密研究所找到維德後，便好像拔出蘿蔔帶出泥，頻頻發現這座城市隱藏在繁榮下的陰暗面。

……就很煩。

不過這些都交給維德苦惱就好，菲爾不是偷懶，是眞不擅長。如果維德有需要的話，菲爾絕對會二話不說幫助對方，但偵查什麼的就饒過他吧！

對自身定位非常明確的菲爾，在身邊眾人因調查神藥的事忙得人仰馬翻之際，卻是最悠閒的存在，只顧著研究他的手鐲製作。

菲爾決定製作與費里克斯同款的手鐲，戴著去嚇對方一跳，並且試試看能否從對方口中挖出亮片的祕密。

製作飾物不難，然而在僅看過幾眼的狀況下便要打造出一模一樣的魔法飾物，即使是菲爾也得慢慢摸索。

費里克斯的手鐲完全符合菲爾的審美，他只要稍微回想，腦海裡便會自動浮現手鐲的款式。因此外形不是難住菲爾的地方，魔力迴路才是。

原本他以爲作爲能量核心的神祕亮片到手後，要製作出相同魔法能量的手鐲應該不難，然而無論他怎樣更改魔力迴路，都無法做出與費里克斯手鐲相同的魔法效果。

不過菲爾並不著急，在魔法研究上，他一向有著超乎尋常的耐心。這方面與他的弟弟布里安簡直一模一樣，這對兄弟在研究魔法飾物/魔藥的時候，都會全副心神地投入進去，並且對成果絕不妥協。即使研究結果與自己的目標只有微乎其微的差距，也會毫不猶豫地將一切推翻重來。

也許無論是哪個領域的天才，要獲得一定的成就，都是天賦、努力與心性缺一不可吧？

這天，菲爾一如往常地在完成了學校的功課後，迫不及待地投身手鐲的製作。就在他開始進行魔法能量的調整時，手機響了起來。不是手機鈴聲，而是短訊的提示音。菲爾好奇地探頭看去，便見螢幕上顯示傳訊者是安東尼。

「嗯？安東尼不是在忙嗎？」自從與安東尼互相坦白身分後，菲爾自然知道安東尼晚上早早找藉口躲在房間或外出，其實是作爲異能特警的後備成員在活躍著。

菲爾不禁爲安東尼慶幸，要不是其他家人生活忙碌，不是忙得夜宿在外，便是太過疲倦而早早上床休息，不然安東尼的身分說不定早被肯恩他們發現了。

言歸正傳，安東尼在工作時一般都不會聯絡菲爾，菲爾也不會在這種時候打擾對方，這已是他們之間的默契了。

因此看到是安東尼在工作時間找自己，菲爾頓時生出一種有事發生的預感，立即查閱起短訊內容。

「特雷爾醒來了」

這句沒有標點符號、非常簡短的訊息，顯然是匆忙間發過來的。菲爾可以想像安東尼得到消息後，怎樣避過同事偷偷向他通風報信。

回了一個「謝」字，菲爾不敢拖延，連忙打電話給維德。

只響了兩聲，維德就接起電話。

「維德，剛剛安東尼告訴我……」菲爾邊收拾一會可能用得上的東西，邊道。

「我知道，他開了一個群把我們拉進去，剛剛的短訊是群組訊息。」維德那端傳來凌厲的風聲，顯然正在駕著重機趕路。

菲爾沒有注意到這點，聽到維德的話後，才發現安東尼不知何時設了一個群組，群名還是簡單粗暴的「祕密三人行」。

「……」菲爾覺得這名字有點一言難盡，但又說不出哪裡奇怪。

同時菲爾還想起，維德的手機號碼是安東尼軟磨硬泡下求來的。當時維德還一臉不願意，現在不是有用處了嗎？

不過現在不是想這些的時候，與維德約定在醫院會合後，菲爾便騎著魔法掃把匆匆趕過去。

維德先一步出發，可走空路能夠直線行動，菲爾比維德更早來到目的地。

有關特雷爾的病房位置，安東尼已事先告訴了菲爾。到達醫院後，菲爾飛到病房外，嘗試從窗戶看看病房裡是什麼狀況，不過窗簾都被人拉上了，隔絕了菲爾的視線。

不待菲爾有新動作，維德已經抵達。菲爾想了想，還是決定先與維德會合再說。

此時特雷爾所在的房間非常熱鬧，一眾醫護正為他進行各種檢查。因爲案件的特殊性，特雷爾所處病房已被封鎖，只有負責看守的警察及專屬治療團隊可以出入。

在醫護人員忙著爲剛甦醒的特雷爾做檢查時，幾名看守員警便顯得無所事事。

這宗涉及異能者的案件本應屬特警組負責，然而唯一活著的涉案人陷入昏睡中，案件遲遲沒有進展。異能特警是珍貴的戰力，不能繼續把時間花在這件進度停滯不前案件上，便改爲調派部分一般員警到醫院二十四小時輪班看守。

這種情況其實很常見，畢竟異能者數量少，而實力強大、又願意爲國效力的異能強者更加罕有，將珍稀的資源用在刀口上，才能更有效地把利益最大化。

可對於那些接手的普通員警來說，感覺卻不那麼好受了。雖然理智上明白這樣做的原因，然而他們難免生出自己是在撿特警組看不上的案件，甚至有種爲特警組收拾爛攤子的感覺。

像這次負責看守的警察查克，便很看不爽上層要求他接手看護特雷爾的命令。見同伴結束了通訊，查克詢問：「告訴那些傢伙了嗎？」

同伴點了點頭：「已經上報了，特警組那邊會盡快派人過來。」

查克聞言冷哼了聲，抱怨道：「沒進展的案件塞給我們，有功勞的時候自己趕著過來領……」

另一名員警用手肘撞了撞他：「你少說兩句吧！」

查克不服氣地嘟囔：「我有說錯嗎……」

然而不待查克說完，隨著一聲輕微的破空聲傳來，坐在他旁邊員警的腦袋就像爆破的西瓜般，被崩掉了半邊！

大量血液夾雜著肉塊、頭髮與白色的腦漿，噴濺在查克身上，在他茫然著還未來得及反應之際，另外幾個員警也倒下了！

是那些醫護做的！

我們被攻擊了！

查克這才大夢初醒般想要還擊，然而他的手才剛摸上佩槍，便步上同伴的後塵，被一槍爆頭了。

短短數秒，目擊了整個慘案發生的特雷爾與幾名護理師這才從震驚中反應過來，發出驚懼的尖叫。

開槍的醫生把槍指向尖聲驚叫的同事，又是毫不留情的一槍，尖叫聲戛然而止。

特雷爾驚恐地看著這一切，他只是個普通的學生，雖然在學校裡是個經常打架的小混混，然而都只是年輕人之間的爭強好勝，從未殺人，更未見識過眞正的死亡，何況是如此慘烈的場景？

護理師的死亡終於讓他理智崩潰，被神藥改造的身體在求生本能下迸發出潛能，一道看不見的屏障瞬間把他保護了起來。

醫生往特雷爾身上的不致命處射了兩槍，特雷爾見狀，心臟都被嚇得漏跳了兩拍，直至看到子彈都被異能擋下，這才稍微放鬆下來。

其中一名護理師見狀，知道這是她唯一活命的機會，立即往特雷爾的方向跑過去：「救救我！」

醫生卻沒有放過她的意思，舉槍便向背對著他的護理師射擊！

眼見對方就要血濺當場，特雷爾立即擋住了子彈，險之又險地保住了對方的性命。

然而其他護理師卻沒有這個好運氣了，在特雷爾反應不過來時，他們便被醫生毫不留情地全數射殺。

看到醫生冷酷無情的表現，特雷爾心裡慶幸自己的異能是阻擋危險的護盾，這實在是不幸中的大幸。

他是一定打不過這種殺人不眨眼的殺手的，可用異能苟住應該還可以吧？

他記得那些警察已經通知特警組了，只要撐到異能特警趕來……

異能盾緊緊護住兩名倖存者，在鬼門關前繞了一圈的護理師仍未從死亡陰影下恢復過來。她退到了特雷爾身旁，把對方視爲救命稻草般緊貼著他，就怕距離太遠，異能盾會護不住自己。

特雷爾臉上一紅。

小姊姊靠得這麼近，讓他有些害羞啊……

正當他想安慰一下怕得渾身顫抖的護理師時，突然感到脖子一痛，還沒弄清楚到底發生什麼事便失去了意識，異能也隨著他昏倒而消散。

護理師一改前一秒驚慌失措的神情，淡定地丟下手上的針筒。原本滿滿的鎮定劑已全部打入特雷爾體內，足夠他睡上一整天了。

醫生對這個突如其來的展開毫不意外，他們本就是一夥的。

護理師扛著昏迷不醒的特雷爾走到窗邊，她是個體型纖瘦的女子，然而扛著一個比自己高大的青年，卻是臉不紅、氣不喘的，看起來毫不費力。

醫生率先從窗戶跳下，這種高度要是落在地上絕對沒有生還的可能。然而在醫生將要摔成肉醬的一刻，卻像片羽毛般輕飄飄地降落在地。

醫生安全降落後，護理師便扛著昏迷的特雷爾尾隨跳出，同樣在快要摔落地面之際忽然止住了速度，輕輕巧巧地安全降落。

二人跳窗的舉動立即引來路人的驚叫，他們沒有在意，扛著特雷爾直接上了早已準備好的汽車，全速往外逃去！

先不說醫院裡造成了怎樣的騷動，在醫院大門外與菲爾討論該怎樣混入病房的維德，聽到驚叫聲的瞬間迅速反應過來，罵了一聲後立即騎著機車追上。

菲爾直至看到維德的動作才知道發生何事，隨即便目擊到護理師扛著一名病人跳樓的一幕。

護理師跳下之處，正是特雷爾所在的病房。那麼那個穿著病人服、一動也不動、不知道是昏迷還是死掉了的身影可能是……菲爾也連忙追了上去。

邊騎著機車，維德邊啓動菲爾給他的亞歷山大變色石。寶石能量運作後，一片模糊的馬賽克遮擋住維德的臉。

維德不擅長魔法，啓動魔法時一個不小心，被寶石能量遮掩的範圍多了點，不只臉龐，整顆頭都被打上了模糊效果，看起來彷彿是什麼限制級的無頭騎士。

菲爾遠遠看到維德的操作，也有樣學樣地以寶石能量遮掩容貌。雖然騎著魔法掃把的他會自動隱形，但戰鬥時什麼情況都可能發生，多一層保障也是好的。他可不希望被別人發現身分，到時說不定會連累到無辜的家人。

對方開著汽車，風馳電掣地於馬路上高速行駛，卻怎樣也擺脫不了後面追上來的機車。坐在副駕的護理師向維德開了幾槍，然而射向他的子彈無一例外地都被他用異能改變了軌跡，沒有任何一顆傷得到維德。

禮尚往來，維德射出幾柄手術刀般大小的特製匕首。這些匕首在異能的控制下如臂使指，往護理師的方向射去！

對方的汽車經過改裝，車身與玻璃都是防彈的，然而匕首竟以刁鑽角度幾乎要從他們爲了射擊而打開的車窗飛進去。眼看護理師馬上要血濺當場，維德突然感到操縱的匕首變得很重，異能一時不穩，往下墜的匕首直接撞在了玻璃窗上。

車裡有異能者？

似乎是控制重力的異能……就是不知道到底是醫生還是護理師的能力……

雖然匕首因變異而變得難以操控，可這卻難不倒維德。他迅速反應過來，調整了異能的輸出，因撞擊到車窗而下墜的匕首順勢如游魚般滑向車輪位置。

隨著強烈磨擦傳出的刺耳聲響與火花的出現，汽車失去控制，在馬路上如脫韁野馬般左右搖晃起來。

此時菲爾已從後頭趕上，佩戴碧璽戒指的手打了個響指，一道閃電從空中直直劈向地上的汽車。雖然傷不到車裡的人，卻直接破壞了汽車的動力系統。

失去動力的汽車往前滑行了一段距離後，終於停下。

總算逼停車子，然而菲爾那枚價值不菲的碧璽卻在這大招下粉碎掉了。

只能說出大招爽是爽，可是錢包傷也是真的傷！

然而碧璽的犧牲不是白費的，不然這場公路追逐戰還不知道會持續到何時才能結束。

車內的人自然不會坐以待斃，醫生從雷擊方向猜到菲爾所在位置，瞬間發動了異能，菲爾頓覺身體變得沉重無比，魔法掃把再也無法承受他的重量，最終狼狽地摔落在地。

幸好菲爾身下是一棵大樹，枝葉很好地起到了緩衝作用，他只受了點輕傷，然而一直隱形的身影卻顯露了出來。

此時菲爾很慶幸自己有先遮掩住臉，不然他明天便會成爲新聞頭條的主角了！

「驚！首富親兒子當街鬥毆！」，想想都覺得崩潰。

菲爾邊在心裡後怕不已，邊放出一道魔法護盾，來自鑽石的能量正好擋下迎面射來的子彈。

雖然戰鬥力不如維德強悍，可菲爾也是從小闖祕境過來的，曾遇過不少危險的魔獸與法師，戰鬥意識還是挺不錯的。

敵方能操控重力，這時便不適合使用魔法掃把，菲爾乾脆把掃把收回水晶空間。幸好法師擅長遠程輔助與攻擊，失去機動性不會對菲爾的戰鬥力有太大影響。

將菲爾擊落後，兩名敵人沒有戀戰。護理師一手扯下車門當盾牌，一手扛起特雷爾便要逃跑。維德當然不能任由他們離開，「嗖嗖」便是幾柄匕首射向要把人帶走的護理師，然而那些匕首再次受到重力的影響而失去準頭。

菲爾將幾枚鑽石用力向戰場拋過去：「接著！」

雖然不知道這幾顆小東西是什麼武器，但敵人都以面對手榴彈的謹慎嚴陣以待。護理師用車門盾牌防守在前方，醫生則準備在「小石子」近身時以重力將其擊落。

維德想到這些閃閃發亮的鑽石曾把他困在安全屋裡，立即領會了菲爾的意思。他操控鑽石以包圍的形式從四面八方射向敵人！

可醫生早有準備，他的異能隨之發動，用重力將鑽石全數壓落在地！

確定沒有任何一枚鑽石能夠傷到他們後，醫生向維德露出了挑釁的笑容。

然而醫生無法得意太久，落在地面的鑽石發出陣陣光芒，隨即光芒連接在一起成爲了一張光網，將他們包圍在其中！

10

對戰異能特警

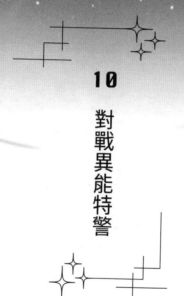

護理師將車門狠狠砸在光網上，從她能扛著特雷爾到處跑，以及手扯車門的怪力來看，這個女人是名力量型的異能者。

她的這一擊力氣很大，發出了猛烈的撞擊聲響。然而鑽石不愧爲最堅硬的寶石，即使車門已被撞成一堆廢鐵，可包圍他們的光網依然無所動搖。

維德笑道：「抓住你們了！」

數柄匕首飛至敵人面前，刀尖充滿威脅地對著他們。醫生的神色變得陰冷無比，調轉槍頭指向被他們挾持著的特雷爾。

雙方各有顧慮，戰況一時膠著。

接收到特雷爾清醒後隨即醫院便受到襲擊訊息的馮與蓋倫，剛趕來便看見這樣的一幕。

今晚的事顯然早有預謀，醫院受到攻擊的同時，好幾處也出現了恐怖襲擊，讓肯恩等人分身乏術。

最後眾人只能分頭行動，馮與蓋倫負責趕往醫院。

也幸好菲爾他們攔下了人，再加上一路上弄出來的動靜，讓馮與蓋倫能夠及時找過來。

然而醫院病房裡的知情者都被滅口了，造成他二人趕到後，根本不清楚當時到底發生了什麼事。

被困的二人顯然也清楚這一點，發現異能特警追來後，他們決定先發制人。護理師一副看到救星的表情般喜極而泣，醫生則呈現護著護理師與昏迷病患的姿勢，向馮與蓋倫揮手道：「我們在這裡！救命！」

馮與蓋倫的視角，一邊是保護病患、被困在異能圍牆中的醫護，一邊則是追擊醫護與特雷爾、藏頭露尾的馬賽克人……

蓋倫二話不說便捲起了強風，將威脅醫護與特雷爾生命安全的七首全部吹飛！同時馮身下的影子迅速延伸至菲爾腳邊，並攀上了他的小腿，在菲爾反應過來前，直接捆住了他的雙腿！

菲爾第一次接觸馮變幻莫測的異能，被他影子的攻擊嚇了一跳，拔腿便想跑。然而他卻忘記了雙腿已被黑影束縛，一動就摔倒在地。

魔法需要法師的操控，菲爾這麼一分神，包圍敵人的光網便消失了，只餘地面幾枚閃閃發亮的鑽石……

菲爾被黑影纏繞的同時，蓋倫也與維德交上了手。

維德的異能是意念移物，不得不說這異能天生遭蓋倫控風的能力剋制。無論是用異能操控子彈還是匕首，全都被蓋倫颳起的強風吹走，維德的所有攻擊根本無法近身。

要不是他的戰鬥意識很強，即使攻擊失敗也能全身而退，只怕維德已像菲爾一樣被抓住了。

心知現在不是與蓋倫戰鬥的時候，擔心好不容易困住的人會趁雙方對戰時將特雷爾帶走，早已從異能認出對方身分的維德咬了咬牙，用本音低吼：「別鬧了，是我！」

雖然維德已死去多年，可憑與蓋倫從未忘記過他。再加上「冒牌貨」現身後，他們也說不清是出於懷念，還是想做好對付冒牌貨的準備，把「維德」的資料全部重新看過一次，其中便有不少「維德」從小到大的影像。

因此現在維德一用本音說話，蓋倫立即認出人來了。

若說現在的維德繼承了「維德」的感情與記憶，那麼以蓋倫對「維德」的了解，對方一定不會做出屠殺病房內人員這種殘忍的事。

雖然蓋倫很不爽維德這個複製人，可他不會在這種時候意氣用事。原本他打算掩護醫護與特雷爾遠離戰場，但現在有了懷疑，自然不會輕易放他們離開。

一道風牆攔住醫護等人的去路，蓋倫道：「誰都別走，現在先將特雷爾交給我們。」

不確定誰能信任，那就讓特雷爾待在自己身邊。

「好……好的！」護理師似乎被嚇得不輕，唯唯諾諾地應了聲。先前單手扛著特雷爾還能健步如飛的人，此刻在兩名異能特警面前卻展現出這個體型的年輕女孩該有的力氣，一副拖不動對方半步的模樣。

一旁的醫生上前幫忙扶起特雷爾，就在眾人視線皆放在兩人身上時，護理師突然舉起一直緊握在手的槍，朝站得最近的維德與蓋倫連番射擊！

然而早已有所準備的二人沒有遭她暗算，維德只一個眼神，射向他們的子彈便偏移了軌道。蓋倫正要收縮風牆將二人困住之際，卻突然感到一股巨大壓力，整個人被壓得半跪在地！

蓋倫受制於醫生的異能，圍困他們的風牆頓時消散。

眼看醫護就要逃出，此時地面上的鑽石浮現光芒，他們再次成爲被光網包圍的籠中鳥。

護理師一拳打在地上，猛烈力道竟讓地面陷出一個大洞，讓初次見識她怪力的蓋倫目瞪口呆。畢竟這一幕太具衝擊性，就像可愛的小白兔突然變身哥吉拉一樣。

護理師試圖利用地陷與衝擊波破壞光網，然而那些鑽石卻完全不爲所動，光網如同紮根地面的大樹，無法知道它深處之根覆蓋的範圍有多深多廣。

地面的路走不通，他們立即嘗試往上空跑！

壓在蓋倫身上的重力突然消失，一直與其抗衡的他差點失去平衡跌倒，好不容易穩住身形，蓋倫便見二人抓住了特雷爾凌空升起！

這時他才知道醫生的異能除了能施加重力外，也能減輕重力讓自己飛起。而且對方似乎更擅長後者，竟能同時讓三人升空。

不過控制三人顯然已是醫生的極限，所以他不得不放開蓋倫。重獲自由的蓋倫當然不會任由對方逃脫，他再次颳起強風，將空中的敵人吹得東倒西歪，硬是把他們從空中捲了回來。

前一秒蓋倫才被醫生用重力壓得半跪在地，下一秒便換蓋倫用強風把醫生從半空吹回地面。報仇的機會來得如此之快，蓋倫發出快意的笑聲。

此時醫生已沒有了先前醫者的溫文模樣，神色狠厲地瞪著菲爾幾人，就像被獵人逼到懸崖邊、窮途末路的野獸。

在強風中墜落的醫生舉起手槍，指向昏迷著的特雷爾。

要是無法把人帶走，那便將他殺死！

組織無法回收的實驗品，即使毀掉也不能流落在外！

醫生毫不猶豫地連開幾槍，然而那些子彈卻全拐彎了，嗖嗖地全數射進醫生體內！

以意念控制子彈傷人的維德嘲諷：「你忘記我的存在了嗎？竟然在意念移物異能者面前用槍，真蠢！」

受了重傷的醫生失去攻擊能力，卻還有那位看起來嬌滴滴的護理師在！以對方的怪力，絕對可以徒手手撕特雷爾。

果見她把手伸向了特雷爾的頸項，只怕下一秒對方的脖子便要被扭斷了！可就在她將下手之際，有人比他更快。

黑影彷彿潛伏在黑暗中的毒蛇般從護理師影子裡竄出，化成無數帶著尖刺的黑色荊棘，束縛她雙手的同時，也狠狠刺穿她的血肉。

傷勢令護理師無法使力，明明並不粗壯的影子荊棘卻能將她牢牢困住。她看向站在遠處的馮，質問：「你是什麼時候把異能藏在我的影子裡!?」

馮的異能是操縱影子，而他的異能必須以自身影子為中心發動。也就是說，站在稍遠位置的馮要將影子藏在護理師腳下需要時間。

然而馮之前的影子用來困住了法師，他們奮起反抗是剛發生的事，他到底什麼時候把影子移過來的？

馮是所有養子中氣質最像肯恩的一個，光是站著便讓人感到穩重與安心，一舉一動都顯示出良好的教養。此時也不例外，只聽馮不疾不徐地說道：「光網消失的時候。」

「什麼!?」不只敵人，連蓋倫都覺得難以置信！

「怎麼，該不會以為那麼拙劣的表演能夠騙到我吧？」馮說話的態度和語氣都很有禮貌，然而內容卻特別氣人：「我又不像某人那般，是個單細胞生物。」

蓋倫生氣地叫喊：「你這麼說是什麼意思？在說我嗎!?」

馮沒有理會那個對號入座的愚蠢同伴，專心操縱影子延展開去，不僅緊緊束縛醫護二人，還把他們的嘴巴也封得死死的，隨即搜出並沒收他們身上能夠作為武器的東西。

馮如此謹慎，是因為有些敵人往往一落網便自殺，這真的讓人很傷腦筋。

解決了所有隱患，並確定特雷爾的狀況只是昏迷、沒有性命危險後，馮這才轉向對他怒目而視卻無法說話的醫護，微笑著解釋：「一開始我也跟風使一樣，以為你們是帶著特雷爾逃跑的受害者。可再看看現場，你們雙方顯然經歷了一番惡戰。」

說到這裡，馮托了托眼鏡，眼中閃過一絲嘲諷：「為了顯示無辜，你們表現得很軟弱。可要是真如此柔弱可欺，又怎可能在病房裡的其他人被殺時帶著特雷爾逃跑，甚至還挺過兩個異能者的追捕，造成這一地的戰鬥痕跡？只能說你們演得太過了。」

與其說馮大發慈悲地為二人解惑，倒不如說他這番解說是故意狠狠嘲諷他們的失敗，可說非常拉仇恨值了。

畢竟死了幾個警察與醫護，馮也是很火大的啊！

現在敵人已被控制，要保護的人質也救回來了，那剩下的問題……

維德用異能收回地上的鑽石，並把它們交還給菲爾，同時蓋倫飛到馮的旁邊，雙方此刻正隔著一段安全距離遙遙對望。

街道上的行人早在戰鬥剛開始時已全部逃跑，現場沒有其他人。不過警察應該很快便會趕過來了，留給他們的談話時間已經不多。

無論是那個擁有多種異能的「法師」，還是他們家人複製人的維德，一直都是特警組重點調查的對象。

法師雖然沒有做出任何錯事，可他能夠使用多重異能這點便足以讓特警組重視，並列爲重點觀察名單。

至於維德，他是個沒有身分的實驗體，卻有著一張與「維德」一樣的臉、一樣的基因，以及記憶！

這代表維德熟知他們的身分與弱點，這如何不讓格雷森家警鈴大作？

加上他還曾大肆殺戮了一隊追捕他的武裝部隊，這讓肯恩將維德列入了通緝名單。

他們與維德的相遇並不愉快，當時雙方的情緒都太過激動，無法理智看待事情。畢竟維德的出現代表著「維德」的死亡被凶手不道德地加以利用。這讓肯恩等人難以面對維德之餘，不免對他的存在有著遷怒。

當然這並不是肯恩他們單方面的錯，那時候的維德情緒也不穩，導致雙方爆發激烈的衝突，最終不歡而散。

對於蓋倫這個單細胞生物來說，這沒有什麼不好。反正他不會接納維德這個複製人，更不想與對方玩家家酒遊戲，假裝成親親熱熱的一家人。

然而馮卻不這麼想，相較於總被情緒與感情支配行動的蓋倫，馮更加理智地看待維德這件事。作爲看著「維德」被肯恩帶回格雷森家，並漸漸與他建立感情的兄長，他很清楚「維德」是怎樣的人。

他不會把複製人與自己的弟弟搞混，可他也不介意用「維德」的思考模式來推論複製人的行爲，然後得出的結論是——他們也許有著共同的敵人。

而特警組現在對待維德的做法，會把原本能夠好好合作的維德推得愈來愈遠。

這也許便是爲什麼在墓園時，肯恩會選擇挽留維德的原因。即使明知這人不是「維德」，肯恩還是願意對其釋出善意。

馮也一樣，聰明人都了解多一個朋友總比多一個敵人好的道理。也許面對維德時會有些彆扭，可他仍然想與對方談談，至少先了解他爲什麼會和法師一起行動，又爲什麼會出現在這裡。

因此馮不理會臭著臉的蓋倫，主動向兩個頂著馬賽克頭的傢伙釋放出善意：

「感謝你們幫忙抓住犯人，以及保護了特雷爾。」

這就是說話的技巧了，馮不是一開口便質問他們爲什麼會在這裡、有什麼目的。而是先感謝對方的幫忙，顯示出他的高情商。

維德有點愣住了，他還記得之前在墓園的不歡而散。本以爲這次相遇很有可能會再次發生衝突，想不到馮的態度卻意外地和善。

正所謂伸手不打笑臉人，馮這麼友善地道謝了，維德的態度也不能太差。雖然他更想抓起特雷爾就走，但還是決定先禮貌交代一聲：「順手而已，我本就是要來找這個人。」

說罷，他理所當然地指向昏迷不醒的特雷爾，只差沒明說要與特警組搶人了。

「你們果然不懷好意！」蓋倫生氣地說道。他升起一陣旋風，身後的披風獵獵作響。

然而當馮做出一個安撫性的眼神時，蓋倫還是噤了聲讓同伴進行交涉。他很清楚自己情緒一上頭便容易激動，亦不及馮聰明。雖然心裡不爽，但與馮搭檔時還是願意聽從對方的安排。

維德饒有趣味地觀察他們的互動，覺得馮就像個馴服大型犬的馴獸師一樣，非常有趣。

卻不知道在馮與蓋倫看來，他與菲爾也是一對很有趣的組合。特別是二人中顯然是以維德爲首，法師身爲能夠使用多種異能的強者卻以他馬首是瞻，還挺讓他們感到意外的。

這讓馮對待維德時更有耐心了，畢竟法師的態度擺在那，只要能獲得維德的信任，說不定也能夠獲得法師的友誼。

因此他並未對維德過往的事與師問罪，也沒有對他要找特雷爾一事做出任何指責，反而詢問：「爲什麼要找特雷爾？難道神藥的事情與你們有關？」

維德忖前思後，覺得把事情說給他們聽也未嘗不可。「維德」是他們的家人，這些人也有權利知道有關研究所的事情。

於是維德簡單解釋：「那個神藥，很可能是製造我的研究所的其中一個項目。」

聽到維德的話，馮與蓋倫的神色都變得很難看，他們明白這意味著什麼。製造複製人的研究所擁有「維德」的基因樣本，他們很有可能便是當初殺死「維德」的那些傢伙。

得知這個消息，他們對特雷爾的重視再拉升了一階，並且更確定不能將這人交給維德，要把他牢牢抓緊在特警組手裡。

於公，當年「維德」的死亡是一場針對異能特警的圍殺，很有可能是特警組裡出現了叛徒，而且還是一個知曉異能特警行動的人。

於私，「維德」是他們的親人，馮自然希望能夠爲對方報仇。

這麼一來，特雷爾的存在便很重要。他也許是他們能夠獲得的有關研究所的線索，怎能讓維德把他帶走呢？

可馮卻不想再與維德把關係鬧僵，面對研究所這個共同敵人，他們自己起內鬨實在沒有絲毫好處。

心裡閃過眾多念頭，馮最終向維德伸出了手，微笑道：「維德，你願意與我們合作嗎？」

《格雷森家，禁止異能魔法！4》完

後記

哈囉～很高興與大家在第四集見面！

一如以往的溫馨提示，後記涉及本集內容，如果不想劇透請先看內文。

這集有兩隻可愛的小動物出場——被誤以爲是老鼠的負鼠，以及小奶狗柯基。

我以往的小說總有小動物當吉祥物，因此這次的格雷森系列遲遲不見有動物出現，便有讀者特意詢問菲爾有沒有寵物。

來來來，大家想要的「寵物」來啦！

雖然看過內文的都知道，這次小動物的情況有點「複雜」就是了XD

在這裡小小劇透一下，其中一隻動物的名字，曾經在小說裡出現過喔！

不知道大家能不能猜到牠是誰呢？

另外這一集中，異能特警們終於與法師見面啦！眞不容易啊……雙方都知道彼此的存在，結果直至第四集才正式見面。這集正好斷在維德被馮招攬的地方，不知道大家想看到下集兄弟相親相愛地合作無間，還是「當初對我愛理不理，今天讓你高攀不起」的追弟火葬場呢？無論維德的選擇是什麼，下一集又是我最喜歡的兄弟相處了，很期待耶！

說到兄弟，相較於格雷森家的一眾兄長，弟弟布里安的戲分便顯得很少了。一直很想好好寫一下布里安，可惜不適合把故事焦點放在魔法界，因此每次提及布里安時總是輕輕帶過。這個弟弟至今只是在幕後支援哥哥的存在，這實在有些可惜了。

終於，下集將寫到布里安拜訪格雷森的劇情了，魔法界兄弟倆可以貼貼啦！傲慢看不起普通人、再加上因爲菲爾的關係而對格雷森家頗具敵意的天才少

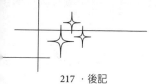

年布里安，在肯恩他們的眼中大約會是令人頭痛的熊孩子吧？

肯恩的孩子們都挺乖的，頂多像蓋倫般有點小叛逆，維德與家人的隔閡只因爲複製人身分而不得已。

馮是個可靠的大哥，也能幫忙管理公司集團的事務。安東尼與菲爾更是天使，也是時候給肯恩一些熊孩子的震撼啦！

我承認，我就是個看熱鬧不嫌事大的傢伙，嘻嘻！

那麼，敬請期待第五集，我們下一集再見！

香草

格雷森家，——禁止異能魔法！

下集預告

終於獲得家族話語權的布里安，
決定接回流落在外的兄長。

口嫌體正直的幼弟到格雷森家宣示對菲爾的主權，
卻震驚地發現，有兩隻奇怪生物混在哥哥身邊！

魔法界高傲的魔藥天才，會在異能家族掀起什麼風浪？

《格雷森家，禁止異能魔法！5》
2024，敬請期待！

國家圖書館出版品預行編目資料

格雷森家，禁止異能魔法！／香草 著.——初版.
——台北市：魔豆文化出版：蓋亞文化發行，
2024.06
冊；　公分.（Fresh；FS226）
ISBN　978-626-98319-7-5（第四冊：平裝）
857.7　　113007498

fresh FS226

格雷森家，——禁止異能魔法！ 4

作　　者　香草
插　　畫　Gene
封面設計　克里斯
責任編輯　林珮緹
總 編 輯　黃致雲
發 行 人　陳常智
出 版 社　魔豆文化有限公司
發　　行　蓋亞文化有限公司
地址：台北市103承德路二段75巷35號1樓
電話：02-2558-5438　傳真：02-2558-5439
電子信箱：gaea@gaeabooks.com.tw
投稿信箱：editor@gaeabooks.com.tw
郵撥帳號　19769541　戶名：蓋亞文化有限公司
法律顧問　宇達經貿法律事務所
總 經 銷　聯合發行股份有限公司
地址：新北市新店區寶橋路二三五巷六弄六號二樓
電話：02-2917-8022　傳真：02-2915-6275
港澳地區　一代匯集
地址：九龍旺角塘尾道64號龍駒企業大廈10樓B&D室
電話：+852-2783-8102　傳真：+852-2396-0050
初版一刷　2024年 6月
定　　價　新台幣 230 元
Published and printed in Taiwan

ISBN 978-626-98319-7-5

魔豆

魔豆